张恨水(1895—1967)，原名
心远，安徽潜山人。生平创作章回
体中长篇小说一百二十多部，反映
市民生活，文字浅显，情节曲折，描
写生动，代表作有《春明外史》、《啼
笑因缘》、《金粉世家》、《夜深沉》、
《落霞孤鹜》、《满江红》等，另有散
文集《山窗小品》。

· 忆江南 ·

湖山怀旧

张恨水 著

张琦 编

苏州新闻出版集团

古吴轩出版社

图书在版编目（CIP）数据

湖山怀旧 / 张恨水著；张琦编. —— 苏州：古吴轩
出版社，2023.7
（忆江南 / 王稼句主编）
ISBN 978-7-5546-2108-0

Ⅰ. ①湖… Ⅱ. ①张… ②张… Ⅲ. ①散文集 – 中国
– 现代 Ⅳ. ①I266

中国国家版本馆CIP数据核字(2023)第109258号

著者肖像：李　涵
责任编辑：黄菲菲
见习编辑：沈欣怡
装帧设计：李　璇　杨　洁
责任校对：李　倩
责任照排：吴　静

书　　名：**湖山怀旧**
著　　者：张恨水
编　　者：张　琦
出版发行：苏州新闻出版集团
　　　　　古吴轩出版社
　　　　　地址：苏州市八达街118号苏州新闻大厦30F
　　　　　电话：0512-65233679　　　邮编：215123
出 版 人：王乐飞
印　　刷：苏州市越洋印刷有限公司
开　　本：787×1092　1/32
印　　张：8.375
字　　数：154千字
版　　次：2023年7月第1版
印　　次：2023年7月第1次印刷
书　　号：ISBN 978-7-5546-2108-0
定　　价：58.00元

如有印装质量问题，请与印刷厂联系。0512-68180628

出版弁言

　　江南作为一个历史地理概念，各时代含义不同，唐宋以后多指江苏、安徽的南部，浙江的北部及杭州湾西南沿线，包括今上海的全部。历史上的江南，山川秀丽，风土清嘉，经济富庶，文化繁荣，人才辈出。历代记述、描绘江南的诗文无可计数，这是一笔丰富、巨大的文化遗产。

　　在出版史上，集部总集类向有"郡邑"一项，即收入一个地方的诗文，而以"江南"为地域范围的丛书，过去从未有过。古吴轩出版社的"忆江南丛书"，就是以现当代名家为作者，以反映江南历史、山川、人物、风情为内容的散篇结集。1999年推出六册，它们是周瘦鹃的《紫兰忆语》、郑逸梅的《味灯漫笔》、黄裳的《小楼春雨》、周劭的《葑溪寻梦》、冯英子的《吴宫花草》、邓云乡的《水巷桂香》。近年来，重视江南文化，为充分利用好这一出版资源，计划出版这套丛书的续辑，先印四册，它们是周瘦鹃的《苏州杂札》、郑逸梅的《吴门花絮》、范烟桥的《邻雅散记》、张恨水的《湖山怀旧》。

　　"忆江南丛书"在文字校订方面，除改正明显的误植外，在代词、助词以及标点符号的使用上，作了规范化处理；凡作者语言习惯，包括具有时代特色的用词，均予保留；核校了引文，词的标点按唐圭璋《全宋词》例，并参考吴藕汀、吴小汀《词调名辞典》。

2023年4月3日

目 录

萝卜的趣事

萝卜这样东西，江南人叫土人参，对它的珍视，也就可想而知。这样好的东西，不能不拿来谈一谈。

江西丰城县，最出大萝卜。大的，可以有三四斤重的一个。南昌人有个笑话，说是曹操八十三万人马下江南，打丰城经过，吃了一餐萝卜，只吃了一个萝卜笃。按：江西人广东人，说底是笃，萝卜笃，就是萝卜朝下的尖端。八十三万人马，一餐吃不了一个尖端，其大也就可想而知了。

江南几省，萝卜丝是不用刀切的。有一种萝卜刨子，专门做切萝卜之用。拿萝卜在上面一擦，自会刨出很细的丝来。湖北有一个知县，叫罗宝芝，非常会刮地皮。后来人家就给他起了一个绰号，叫萝卜刨子，和他姓名，谐音有些相似。后来这句话传进张之洞耳朵里去了。一日召见罗宝芝，当面问他，何以有这个绰号。罗说，自家很俭约的。一件皮袍，穿了六七年。因此，人家绰号他罗敝袍。好开玩笑的人，常常加上一个子，成了罗皮袍子。再一叫就变了萝卜刨子。一阵胡扯，说得张之洞很是相信，居然没事。但是萝卜刨子的名字，越发遐迩皆知了。

（北京《世界日报》1927年4月12日）

刮风无客不思家

这几天，北京又开始刮大风。一出门，漫天漫地的灰尘，就会迷住人的双目。到了这种日子，所有在北京的南边人，都有一种感想，以为山青水绿，鸟语花香，还是江南好。不是为着挣这两个臭钱，早就一溜烟地归去来兮，谁还在这种风沙里面，做整个的灰色人物。由此说来，钱是好东西，好宝贝。可以叫人丢了山青水绿的故乡，来做风沙里面的灰色人物。换一句话说，人未尝不知风沙是讨厌的，不大好呼吸的。我们若说江南客对北京都有所恋恋，实在是冤枉。

有人说，北京的沙土，都是口外刮来的，不应归咎北京。这话不对。因为沙土若是从口外刮来的，只应该刮北风才有，现在刮东西南北风都有，可见沙土是北京本地的了。既是本地的，那没有什么问题，只要市政办理好了，沙土就可少了。我相信北京市政总有好的一天。那时沙土刮不起来，也免得我们江南人，刮风无客不思家了。

（北京《世界晚报》1927年4月22日）

《马前泼水》之考证

一

汪笑侬在上海演剧，海报上大书文艺哲学大家……好编新剧……《马前泼水》一剧，昆曲中名《烂柯山》，而徽班中亦有此戏，名《朱买臣休妻》，生旦并重。汪改编后，以唱大段二六为拿手，竟至大江南北，三尺孺子，皆能唱"这贱人说的是哪里话"。其实违背事实，蔑此为甚也。兹根据《汉书》（节录）及徽班戏，对汪本一一考证之。

《汉书·朱买臣传》载：朱字翁子，吴人，家贫，好读书。常艾薪樵，卖以给食，担束薪，行且诵书，其妻亦负戴相随，数止之，羞而求去。朱曰："我五十当富贵，今已四十馀矣。"妻怒骂，买臣不能留，听其去。

徽班戏：朱买臣负薪读书，家无隔宿之粮，妻崔氏怒而求去，买臣许之。

由《汉书》言之，买臣妻之姓，不可考，今剧《马前泼水》之崔氏系根据徽班而来。至崔氏向邻家借斧杖，而后逼朱采薪，竟形容其成一游手好闲之人。试问朱采薪以前，家中如何度日？此固不可通也。且《汉书》载妻亦一同负薪，则剧中讲崔氏到邻家打牌去，亦所以加甚之词。按：打牌即古之叶子戏。

《归田录》：唐李郃为贺州刺史，与妓人叶茂莲江行，因撰骰子选，故谓之叶子戏。

这样说来，汉朝哪里来的牌打？

（北京《世界日报》1927年4月21日）

二

《后汉书·舆服志》：自天子以至大夫，皆戴冠，冠以梁为别。是无所谓乌纱帽。在唐以前，乌纱帽为便服，用于私人之宴会。至唐时，官帽始有乌纱。柳宗元时，所谓官帽挂乌纱也。至插金花，系赴琼林宴时行之。无论其朝代合否，即令朱买臣果为进士，果插金花，然于其已分发上任之时，金花不应犹插在头上也。

《汉书》："初，买臣免，待诏，常从会稽守邸者寄居饭食。拜为太守，买臣衣故衣，怀其印绶，步归郡邸。直上计时，会稽吏方相与群饮，不视买臣。买臣入室中，守邸与共食，食且饱。少见其绶，守邸怪之，前引其绶，视其印，会稽太守章也。守邸惊，出语上计掾吏。皆醉，大呼曰：'妄诞耳。'守邸曰：'试来视之。'其故人素轻买臣者入视之，还走，疾呼曰：'实然。'坐中惊骇，白守丞，相推排陈列中庭拜谒。买臣徐出户，有顷，长安厩吏乘驷马车来迎，买臣遂乘传去。"

此段故事，形容人世炎凉，足为戏中铺排之用，较之京戏买臣在庙中向和尚借住，抄袭连升店故事，一新一旧，一热闹，一单调，相去甚远。未知系编剧者不知，抑或不肯收入也。

（北京《世界日报》1927年4月23日）

三

《汉书》：买臣"入吴界，见其故妻、妻夫治道。买臣驻车，呼令后车载其夫妻，到太守舍，置园中，给食之。居一月，妻自经死。买臣乞（赐也）其夫钱，令葬"。

由是言之，买臣并不恨其妻。且以其妻嫁后，有一饭之德，特居而食之。此不但处心忠厚，即今日极开通人，其对于已离婚之妻，犹未必能如是。戏中朱买臣令崔氏在马前收覆水，及崔氏不认有嫁人之事，根本不同。戏情在惩所谓嫌贫爱富者。然对于朱买臣之一片忠厚待人，反埋没之矣。

然此种错误，不始于汪之剧本。徽班原来如此。不但徽班如此，昆曲《柯山传奇》，即有马前泼水之事也。夫马前泼水之事，既非朱买臣故事，然则有出处乎？曰：有。姜太公事也。

《坚瓠集》："《光武本纪》云：'反水不收。'《何进传》、《慕容超传》并云：'覆水不收。'李太白诗：'水覆难再收。'又'覆水再收岂满杯。'刘梦得诗：'金盆已覆难收水。'皆用太公语。太公初娶马氏，读书不事产，马求去。太公封齐，马求再合。太公取水一杯，倾于地，令妇收水，惟得其泥，太公曰：'若能离更合，覆水定应收。'朱买臣传奇，泼水事借此。"

据此，则太公之事，买臣顶之，真张冠李戴矣。且《汉书》载买臣有子曰山拊，官至郡守。以买臣四十馀出妻而言，此子当系戏中所指崔氏之子。朱买臣为官时，子当已成人。崔之犹得居于后舍，事亦有因。然而崔氏无以对其前夫，又无以对其亲子，自经乃羞恶之心使之欤？或曰朱既为官，如念前妻一饭之德，当予钱而遣之远去。今本身富贵，而令前妻偕其现嫁之一穷汉，居于园中。是令其时时有自怨自艾之机会。加之，人情凉薄，人以朱妻如此，岂有不揶揄之者，是明明予以难堪矣，安得不死耶？是朱之忠厚，正朱之刻薄耳。此语亦不为无理由，可备一格。至朱买臣本人，亦未得善终。

《汉书》云：买臣为丞相长史，张汤为御史大夫。"始买臣与严助俱侍中，贵用事，汤尚为小吏，趋走买臣等前。后汤以廷尉治淮南狱，排陷严助，买臣怨汤。及买臣为（丞相）长史，汤数行丞相事，知买臣素贵，故陵折之。买臣见汤，坐床上弗为礼。买臣深怨，常欲死之。后遂告汤阴事，汤自杀，上亦诛买臣"。

是可见，朱亦恩怨分明之人。马前泼水之根据，或因此而出欤？

（北京《世界日报》1927年4月25日）

杭州俗话诗

俗话集句诗，我以前曾撰出几首，读者已经觉得很有趣味。可是那还不是绝句，不足为奇。而今我又在故纸堆里，找到四首杭州俗话七律。不但集得自然，而且对仗工整，真是天衣无缝，读者不信，请看那诗：

"一举成名天下知，十年身到凤凰池。书中有女颜如玉，路上行人口似碑。行得好心有好报，只争来早与来迟。甘罗十二为丞相，岂可人无得运时？"

"世事如棋局局新，苏秦原是旧苏秦。一言不发真君子，两耳垂肩是贵人。先学无情后学戏，只愁发迹不愁贫。日间不做亏心事，半积阴功半养身。"

"十个胡髭九个骚，乌鸦怎入凤凰淘。秃头老虎专寻事，跛脚雄鸡会赶臊。公要馄饨婆要面，上灯圆子落灯糕。铜钱眼里翻筋斗,还债犹如拔鼻毛。"

"朝欢暮乐过时光,吃了馒头要粉汤。唱曲爬琴猜古董,赌钱吃酒养婆娘。逢人只说三分话,作恶空烧万炷香。凡事劝人休碌碌,将军难免阵前亡。"

（北京《世界晚报》1927年10月28日）

海派小说与国语

近今之小说家，多出自于上海滩上。取其书而数之，当不愧汗万牛而充万栋。然吾于其布局命意以及一切，姑置不论。有一言格格于喉，不吐不快者，则为白话小说之措辞，读之每觉若有奇异感触于身。

吾人读海派小说，苟稍稍留意，则觉其所为白话，既非教育界所规定之国语，亦非如《红楼梦》、《儿女英雄传》所用之京话。更亦不是南人至北，北人至南，用以问答之一种普通话。盖彼等小说中之白话，乃杜撰之白话也。其最触目者，如"我"书作"吾"，"他"书作"伊"，"快活"书作"写意"，"总是"书作"总归"，甚至"也"书作"亦"。其间有为沪谚，有为文言，读之极不顺口，盖此辈洋场才子，有终身未渡扬子江者，实不苏白而外，以何项之语体为普通之语言，故不能断定者，以文言代之。不能写出者，则以沪谚出之。遂成怪现象矣。

　　固然，若北京各小报上之白话小说，完全用土语，如"除非"作"错非"，"只要"作"自要"，"难道"作"难到"，故意写别字，实不足取。然除去此等俗字，则直书北京话，中国人未有不懂者。故作白话小说，以京话为正宗，一定之理也。既作小说，则于文学上须有相当之贡献，并国语而不能书出，亦小说家之羞矣。

（北京《世界日报》1927年11月17日）

腊梅珍品矣

花中有腊梅者，于旧历十二月开花，与梅花略相似。其色黄，瓣锐而非圆，遂不如梅花之秀丽。其色亦较浓厚，不足以言清幽。然在隆冬，草木凋落，此尚能追随岁寒三友，以标志其霜雪交加中之精神，究亦不可多得也。

故里薄田无几，而老屋数椽，差可避风雨。屋左有菜圃可两亩，杂植花果十馀事。虽随意布置，不成章法，而秋实春华略皆有之。短垣西向，下临水田，墙内有老腊梅一株，二三十年来，子孙繁殖，几绕堰一匝。每至腊尽冬残，日晴风定，则空气温和，万花齐放。曝背窗外，恍然八九月天气，有香在空中飘荡。竹篱茅舍之间，得此花为伴，亦足乐矣。

然江南腊梅甚多，乡人雅不重视，荜门圭窦，蓬杂丛生，妇孺污秽其旁，鸡犬飞腾其下，花自开落，了无人之顾惜。故腊梅之生于茅斋小圃，尚不失为得其主也。

　　日前旧历二十三，为土地庙庙会之期，一年之间，此为最盛。庙旁花摊罗列，买冬花者群趋赴之。某未能免俗，亦往谋一二盆梅花，聊慰寒斋之孤寂。花摊中偶得腊梅二株，如遇故友。因询其价，卖花者视为奇货，昂其值，数倍于梅花。谓何以如此？则答以不易得之珍品也。有是哉！妇孺鸡犬之所践踏，今乃为京国之珍品矣。物稀为贵，或以此欤？

　　　　　　　　　　　　　　　（北京《益世报》1928年1月18日）

人之纪念日

　　阴历正月初七日，国俗谓之为人日。人日者，由于方朔占书，谓岁后八日，一日鸡，二日犬，三日豕，四日羊，五日牛，六日马，七日人，八日谷。其日晴，所主之物育，阴则灾。其事虽为齐东野人之语，无足征信，然近世有所谓愚人节，劳动节，妇女节，各择一日为纪念，以自加策励。则所谓人者，包括愚人妇女劳工一切人类而言之，又何妨有此一节。每年人有一日，纪念其为人，则较愚人妇女劳工，纪念其为愚人妇女劳工，尤十百倍重大之，既十百倍重大之，而自加策励，乃有未可避免者矣。

　　杜甫人日诗曰："此日此时人共有，一谈一笑俗相看。"似在唐代，俗颇重视此日，今则人日之名，已非一般人所知。唯江南一部分地方，谓之曰上七，与故事既不相合。而上七二字，亦毫无意味矣。

由上之说，可知古来风俗时尚，苟不与人民以浓厚之兴趣，则极不易保留。何以未与人民以浓厚之兴趣，则由于失之太雅，而不通俗。例如上巳日之采兰，寒食日之禁烟，均已遗其俗，千年以上。最奇者莫如花朝，南北人民，各行其是。即以扬子江一带而论，苏浙人以二月十二为花朝，皖赣人民则以二月十五为花朝也。是亦因其不通俗之故耳。

我国人举行之佳节，十九不外于迷信之表示。人日虽亦不免于此，而其名称颇佳，惜其乃不为人所重视也。

（北京《益世报》1928年1月29日）

昆曲一得

《钗钏记》之芸香，始终用官白（字面捉中州韵者，谓之官白）。《西厢记》之红娘，始终用私白（以吴音发言谓之私白），其意何居？余曾数四请益于此中明达之士及老伶工，而均含糊答复，始终未得明妙，或言贴旦收场有善果者，为尊重人格起见，故用官白；凡稍涉玩笑者，则用私白，盖本彰善惩恶之微意，不能明言，故于道白中以官私别之，此说虽未敢许为确论，于理近似。昆剧中比多一人之事，属于两传奇者，如宋江之月下走刘唐，大闹乌龙院，总名曰《水浒》。乌龙院为阎惜娇坐卧之地，则《借茶》、《前诱》、《后诱》、《活捉》等折，谅亦同隶《水浒》。考之梨园脚本，凡张文远与阎惜娇苟且之事，实则别有一名曰《缀锦》，而鲁智深之山亭（山门），则谓《虎囊弹》，武松之打虎游街，至于蜈蚣岭，则名《义侠记》，只林冲雪夜一折，亦属之《水浒》，是真人始料所不及。

（北京《世界晚报》1928年6月7日）

昆曲枝言

昆曲之名，昉自何代，殊无可证者，有言明徐司寇之第三子，酷嗜此曲，卒倾其家。徐，昆山人，至今昆山太仓常熟一带，有徐三败之谚语。前人亦有记载，曲因徐而盛，故曰昆曲。一说乐府衰而诗兴，诗衰而词兴，词衰而曲兴。当世之有曲焉，诗格适盛行西昆体。西昆体诗重刻画，似词而非词，时人比与曲并论，故曰昆曲。两说相较，后议似较前论为当，究否未敢断定。

昆曲之总名曰传奇。传奇者，盖宣传一种奇事之义。传奇定例，十门角色，须公配齐全。譬如《西厢记》，系传张崔之一段艳史，统系生旦戏，安来净角及副净角为？于是有寺警寄书两折，出一惠明及孙飞虎，于是有净角及副净角之戏矣。《牡丹亭》亦系生旦剧，无从安插净角，乃天开异想来一胡判官，此皆传奇一定之规例也。

吴中谚传："三年稳出状元，不稳出大面。"此言良足征信。缘大面之言，系黄钟大吕之音，纯从丹田中发出。比闻名公巨卿，谈吐声若洪钟，窭人子类，多失言者，于此可见声音之佳否，亦随境遇以转移。昆班中人有"梨园不是富家郎"成语一句，梨园中人，既非富家郎，则其声音之劣，可知焉。以此推测，则"三年不稳出大面"一语，实有至理，非虚言也。昆曲之盛，莫盛于前清乾嘉时代。尔时士夫公馀，悉心研究，《长生殿·弹词》、《千忠戮·八阳》两折，尤为家弦户诵者。所谓朝朝收拾起，夜夜不提防是也。乾隆擅长丑角，《拾金》一剧，据传即为御著，山东巡抚国泰，因好昆剧而为言官弹劾褫职。上有行者，下必效也，其斯之谓欤？

（北平《世界日报》1928年10月31日）

高阳昆班之由来

日前郑颖荪先生约在彰林春晚餐，有皮簧老前辈某君在座。席中纵谈戏剧问题，有吾人所未闻者。如高阳昆班之来源，即其一例也。

据云，咸丰年间，皮簧渐盛，昆班不能立脚。于是有一班相率出京，沿京南而下，至于高阳。高阳有某巨室者，喜昆曲，不忍其没，因召班中人演剧多日，且问掌班人，若新召徒教之室需日几何，答曰："一年可矣。"某巨室以为事易为，即留昆曲伶人数名，召徒教艺。及一年，艺无成，更一年，仍无成。至三年，某巨室召伶诘之曰："尔谓一年有成，今三年矣，犹不能唱何耶？"伶人答曰："授艺不难，难在于徒之咬字，每一字之微，教之数十日而不似。吾初不料北人南音之如是其困难也。公必成者，则只教徒以板眼作法，而不必拘泥于字音，固数月可成耳。"巨室以其难，竟用是策。巨室后衰微，此项昆班子弟散在民间，于是有京腔之昆曲出。若韩世昌辈盖其嫡传耳（按韩初到北平，即系京调昆曲，后经超逸叟等之指正，才成今日之韩世昌也）。

（北平《世界晚报》1928年11月2日）

打倒月老

西湖月老祠,夙有一联,意甚佳妙。其词曰:"愿天下有情人都成了眷属,是前生注定事莫错过姻缘。"集句也,然词意固是自然,而事实则或未必如此。盖月老目中所认为有情的,而彼等自身未必认是有情。月老以为不可错过,而当事者恰又偶然视之。月老如不认此联做去则已,果然以此联做去者,适几其误尽苍生而已。

袁世凯当权时代,袁世凯是一月老也。段祺瑞当权时代,段祺瑞是一月老也。吴佩孚、张作霖当权时代,吴佩孚、张作霖亦莫不各一月老也。彼等做官,除自己要发财外,未尝不想顺带做些事。然彼之主观,则以为是有情的,是注定事,他人之意见如何,不问也。俗对此,谓之强奸民意。名词之不雅训如此,则人有以月老自居者,吾愿倡打倒之说矣。

(北平《世界晚报》1928年11月7日)

莲花应做杭州的市花

据前两天的消息，上海方面，已经拟定以莲花为市花。有些滑稽的人说，上海的滑头少年最多。滑头少年，是夏天里的衣服最齐全，因之叫荷花大少，若是莲花真成了上海市花，倒是很有趣的一件事。我以为莲花出污泥而不染，颜色清鲜，亭亭净植，在于幽雅一方面，决不是上海的象征。上海那种繁华，应该以桃花为市花。况且龙华桃花，也是最有名的。

至于莲花呢，应该为杭州市花。第一，杭州以西湖著名天下，莲是与湖有关系的。而且更可象征杭州的闹中见静哩。

（北平《世界晚报》1929年1月31日）

旧年怀旧

一

予十龄时，随先君客赣之景德镇，就读私塾。塾中有女学生二，一与予同庚，一则长予一岁，长者予不克忆其姓名，同庚者则于秋凤也。秋凤与予家比邻而居，朝夕过从，相爱甚惬，故上学必同行。伊面如满月，发甚黑，以红丝线一大绺作辫穗，艳乃绝伦。儿时私心好之，未敢言也。除夕，在秋凤家掷升官图，予屡负，秋凤则屡胜。予款尽，秋凤辄益之。秋凤母顾而乐之，谓其夫曰："两小无猜，将来应成眷属也。"时于家人多，即戏谑拥予及秋凤作新人交拜式。予及秋凤，皆面红耳赤，苦挣得脱。明日，凤来予家贺岁，遇诸门，私而笑语予曰："昨夕之事，兄母知否？"予笑曰："知之，且谓尔来我家亦甚佳。"凤睨予，以右手一食指搔其面，笑跃而去。此事至今思之，觉儿童之爱，真而弥永，绝非成人后所能有。后六年，予复至镇，则凤已嫁人，绿叶成荫矣。予时已能为诗，不胜桃花人面之感，有惆怅诗三十绝记其事。

先君弃养早，予方十七岁耳，举母移灵归里后，予则只身负笈走江苏。唯两代游宦，皆不善积蓄，而叔伯辈，又挥霍过甚，以致家中资产，仅足供粥。予读书年须三四百金，窘无所出，客中初以卖文赚微资，藉供膏火，然所需者巨，所获者寡。越年，卒不支，则辍学归里，闭户不敢出。因乡人认读书必做官或赚钱，不做官而耗财者，谓之曰败子。予向不与人作无谓之争，况在乡愚，以是埋头牖下，将家中断简残篇，痛读一过。除夕执《离骚》一卷，就烛读之，案上陈村醪一壶，火炉一具，炉上架瓦罐，中煮肥鸡腊肉青菜糯米团之属，且饮且食且读，不知酒之重馨。解饱已，则启户走门外平畴上，向天长叹，热泪涔涔，掬之盈把。少年时不得读书，其悲如此；今笔头所入，可读书矣，而时与势，又不我许。嗟夫，天寒迟暮，岂独吾人有此感也哉！

二

予前岁为天津某报作一《万里山水云烟记》，中有杉关一节，今日言及旧事，犹可忆也。其文曰，《芥子园画谱》第四卷所绘山楼水阁、巨桥水磨，瓯闽间随处可得之。长桥大抵跨河搭桥，而通山中建屋，敞轩而观四面。桥下临闸，以围大数丈之木轮，置闸口中，水自上流下来，激轮展转如飞，浪花作旋风舞，甚为可观。儿时，随先严客新城县。县为闽赣交界处，距杉村约六十里。是处万山从杂，林菁深密，驿路一线，曲折于山水间。将及关，两峰夹峡，下通鸟道，仅可并骑；出关俯瞰，势如建瓴，古人南征，以此为天险信矣。

二十年来，百事都如一梦，唯山色泉声，偶然闭目，犹在几榻间。瓯闽春早，尔时灯节方届，隔河古道，柳条已作盈盈之态。乡下沿山辟地为圃，满种荞麦油菜，柳下淡黄微紫，可指而辨之也。涉笔至此，有"莫向春风唱鹧鸪"之感矣。

（《上海画报》1929年3月3日、6日）

湖山怀旧录

一

恨水不敏，行已中年，无所成就。年来卖赋旧都，终朝伏案，见闻益寡。当风晨月夕，抱膝案头，思十八九岁时，飘泊江湖。历瞻山水之胜，亦有足乐者。俯首微吟，无限神驰也。因就忆力所及，作湖山怀旧录，非有解嘲，实思梦想耳。

谈江南山水之胜者，莫如吴头楚尾，所谓江南江北青山多也。大概江北之山，多雄浑险峻，意态庄严；江南之山则重峦叠嶂，风姿潇洒。大苏谓："欲把西湖比西子，淡妆浓抹总相宜。"则不但西湖如此，江南名胜，无不如此也。

西湖十景，山谷仅居其三，曰双峰插云，曰南屏晚钟，曰雷峰西照（原名雷峰夕照，清圣祖改夕为西，平仄不调，觉生硬）。而原来钱塘十景，则属山谷者较多，计有灵石樵歌、冷泉清啸、葛岭朝暾、孤山霁雪、两峰白云，盖十居其五矣。

双峰插云者，就西湖东岸，望南北二高峰而言。每当新雨初霁，一碧万顷，试步湖滨路，园露椅上，披襟当风，满怀远眺，则南北二峰遥遥对峙，层翠如描，淡云微抹。其下各山下降，与苏白两堤树影相接，尝欲以一语形容，终不可得，若谓天开图画，则尚觉赞美宽泛不切也。

（北平《世界日报》1929年6月11日）

二

近年南游来者，辄道西湖之水，日渐污浊，深以为憾。盖其泥既深，鱼虾又多，澄清不易也，然当予游杭时，则终年清洁，藻蔓长，无底可见。而四围树色由光相映，遂令湖水成一种似白非白，似蓝非蓝，似碧非碧之颜色。俗称极浅之绿，曰雨天青，近又改称西湖水，其名甚美，惜今日已不副实耳。

南屏晚钟，宜隔湖听之，夕阳既下，雷峰与保俶两塔，倒影波心，残霞断霭，映水如绘。游人自天竺灵隐来，漫步白沙堤上，依依四顾，犹不欲归。钟声镗然，自水面隐隐传来，昏鸦阵阵，随钟声掠空而过，则诗情如出岫之云，漾欲成章矣。

西湖水景，除里外湖而外，则当推西溪，两岸梅竹交叉，间具野柳，斜枝杂草，直当流泉。小舟自远来，每觉林深水曲，欲前无路，及其既前，又豁然开朗。蒹葭缥缈，烟波无际，远望小岫林，如画图开展。两岸密丛中，时有炊烟一缕，徐徐而上，不必鸡鸣犬吠，令人知此中大有人在矣。

西湖为中国胜迹，文人墨士，以得一至为荣，故各处联额，无一非出自名手。孤山林和靖墓、林典史墓（太平天国之役殉难者，名汝霖）、林太守墓（清光绪朝杭州知府，有政声，名靖）前后相望，太守墓石坊上有联曰："树枝一年，树木十年，树人百年，两浙无两；处士千古，典史千古，太守千古，孤山不孤。"曾游西湖者，皆乐诵之。至于少保墓联："赤手挽银河，君自大名垂宇宙；青山埋白骨，我来何处哭英雄。"此则艺林称赞，无人不知矣。苏小坟上有联曰："桃花流水杳然去；油壁香车不再逢。"集得亦佳。

（北平《世界日报》1929年6月13日）

三

湖滨路有一茶楼，凡三级，雕阑画栋，面湖而峙。尝于漠漠春阴之日，约友登楼，临风品茗。时则烟树迷离，四周绿暗，而湖水不波，又觉洞明如镜。即而大风突起，湖水粼粼，遍生皱纹，沿湖杨柳，摇荡者不自持，屡拂栏前布帏而过。所谓"山雨欲来风满楼"者，临其境而益信。此茶楼之名颇雅，日久已忘之，唯内马路有一旅社，名湖山共一楼，惜不移此耳。

南北二高峰，均在湖滨十里以外，予客杭仅十日，因登灵隐之便，一游北高峰而已。峰在灵隐之后，自灵隐五百罗汉堂侧，拾级而登，直至山顶，约合一万尺。山之半，曲折而西，有庵曰韬光。松竹交加，绿阴碍路，遥闻泉声泠泠然，若断若续，出自树草密荫中。转出竹林，有红墙一角，则庵门是矣。庵建石崖上，玲珑剔透，有翼然之势。人事与自然，乃两尽之。庵旁有一池，石刻之龙首，翘然于上，僧剡竹为沟，曲折引泉达龙顶，水如短练，自龙口中吐出。池中有鱼，非鲤非鲫，红质而黄章，长约尺许，水清见底，首尾毕显。寺顶有石堂，登临俯视，钱塘江小如一带，江尽处为海，只觉苍茫一片，云雾相接而已。堂外有石匾曰韬光观海，以此，然未列于西湖十景也。

（北平《世界日报》1929年6月14日）

四

词家"三秋桂子,十里荷花"二语,致引金人问鼎,胡马南窥,西湖桂花之盛,当可想见。向来游湖者,极道九溪十八涧之美,而不知九溪杨梅岭一带,重翠连缀,秀柯塞途,极得小山丛桂之致。据杭人云:八九月之间,木叶微脱,秋草半黄,堆金缀玉,满山桂子烂开,桂树延绵四五里,偶来此地,如入香海。每值月白风清,万籁俱寂,云外香飘,距山十馀里人家得闻之。予闻语辄神往焉。

云栖之竹,几与孤山之梅齐名。到杭州者,实不得不一访游之。其地翠竹数万竿,密杂如篱,高入霄汉。小径曲折,逶迤而入翠丛,时有小泉一眼,自林下潺潺而来,石板无梁,架泉为渡,临流顾影,须眉皆绿。林中日光不到,清凉袭人,背手缓步,襟怀如涤。竹内有小鸟,翠羽血红啄,若鹦鹉具体而微。于人迹不闻时,山鸟间啼一二声,真有物我皆忘之慨。

外省游人至杭,如入万宝山中,目迷五色,不知何所取舍,而栖霞之与烟霞云栖,往往误而为一。栖霞洞在葛岭之后,深谷之中,竹树环列,狗见吠客,则游人不期而至洞所矣。初入为一山寺,若无甚奇,旁有石洞,坦步可入。及至洞内,忽焉为佛堂,忽焉为缝,忽焉又为屋,曲折阴晦,如非人世,洞最后露一口朝天,古藤垂垂,山上坠下，旁有水滴声，若断若续，不知出于何所，真幽境也。

（北平《世界日报》1929年6月15日）

五

小瀛洲即放生池，三潭印月，乃其一部分也，洲与湖心亭、阮公墩鼎峙外湖水面。自孤山俯瞰，此洲如浮林一片，略露楼园。乃驾小舟而来，则直入青芦，可觅得石级登陆。陆上浮堤四达，于湖中作池，真是有路皆花，无处不水。其间楼阁、虚堂以空灵胜，卍字亭以曲折胜，盈翠轩以清幽胜，亭亭以小巧胜。亭曰亭亭，可想其倩影凌波，不同凡品。若夫清潭泛影，皓月窥人，一曲洞箫，凭栏独立，居然世外，岂复人间？

游湖当坐瓜皮小艇，自操桨，则波光如在衣袂，斯得玩水之乐。湖中瓜皮艇，长丈许，中舱上覆白幔，促膝可坐四人。舱内备有棋案（高仅盈尺，面积如之），可以下棋；备有短笛，可以奏曲；备有档勺，可以饮水。如此榜人，诚大解事，真所谓有六朝烟水气者矣。

西湖各地之以花木名者，云栖以竹名，万松岭以松名，九溪以桂名，白堤以桃柳名，平湖以荷名。初与旧景不甚相合。此外苏堤春晓，成为一片桑柘，柳浪闻莺，则草砾蛙鸣，此又慨乎人事变幻不定也。

（北平《世界日报》1929年6月16日）

六

苏小小墓在西泠桥之南。六角小亭，近临水滨，湖草芊芊，直达亭内。冢隆然，高约三尺许，在亭之中央。唯坟之上下，遍蒙鹅卵石，杂乱不成规矩，未知何意？据杭人云：游人在湖滨拾石，立西泠桥上，遥向亭内掷之，中冢则宜男。杭人之迷信于此可见一斑矣。

杭俗迷信之甚者，莫如放生一事。如禽如兽，固可放生，即一虫一鱼，一草一木，亦莫不可放生。且放生亦有专地，将鱼虾放生者，多在小瀛洲行之。将龟蛇放生者，多在雷峰塔行之。将竹放生者，多在天竺行之。竹何以放生？未至杭州者，必以为妄矣。此事大抵出之于好出风头之妇女，与庙中僧约，指定山上之某某数株，为放生之竹。僧乃灾刀灸字于上，文曰：某月日某某太太或某小姐放生。自此以后，竹即不得砍伐，听其老死。竹所临地，必在路旁。放生之竹，路人悉得见之，放生之人，意亦在是也。一竹之值，不过一二元，一经放生，僧不取，由放生者随助香资，因之一竹之费，且达数十元矣。

（北平《世界日报》1929年6月18日）

七

灵隐寺前之飞来峰，名震宇宙，实则不甚奇，其实才如北海中之琼岛耳。山脚一涧净琮流去，是谓冷泉，涧边有亭，即以泉名之。亭中之联，以峰与亭为对，最初一联曰"泉自山中冷起，峰从天外飞来"；次改为"泉自几时冷起，峰从何处飞来"也。今所悬者，则为"泉自冷时冷起，峰从飞处飞来"也。

沿湖人家坟墓，布置清幽，花木杂植，偶不经意，辄误认为名胜。而墓之有是数者，亦殊不少。计岳庙之岳武穆坟，三台山之于忠肃坟，民元前之徐烈士（锡麟）墓，西泠桥之苏小小墓，孤山之林和靖处士墓，冯小青墓，英雄儿女，美人名士，各占片土。其他如牛皋等墓，自宋以还当不下数十处，尤不能一一列举也。

墓地最清幽动人者，莫如小青坟，坟在孤山南角水榭之滨，梅柳周环，浓荫四覆，小亭一角，仅可容人，伏于墓上。由林和靖墓至此，草深覆径，人迹罕到。白午风清，轻絮自飞，凄然兴感，令人不知身在何所。予于湖心亭壁上，见冷香女士题句，咏小青坟云："古梅老鹤尽堪愁，郁郁佳城枕习流。分得林花三尺土，美人名士各千秋。"清丽可诵。

（北平《世界日报》1929年6月19日）

八

数年前，每作痴想，于二三月间，雇亭子小舫一艘，略载书籍数十卷，茶、笔、床、香炉及丝竹之乐器数事，携童子或苍头一，助理茶水之需，于是放舟平坦小荡间，顺流所之，不择市集，则舟穷十日之游，当不仅得画图百幅矣。

吴越间问道，既分又四达，而野渡平桥亦比比皆是。板桥多于平岸间巍然高拱，下通一孔，孔洞然如城门。嵌石联于两边，联语多偏重于农事，或嵌乡名于内，佳者殊少。然此事已成定例，又无桥不联也。河水不广，遇桥则更狭，每两舟于桥畔相遇，则一舟择此边之广阔处小泊，以待彼舟之过。恍如入阵之车过函谷诸险，必驻马让人也。

"好是日斜风定后，半江红树卖鲈鱼。"客有游松江者，偶忆此诗，不能不一尝鲈鱼之味矣。由松江至嘉兴，所谓一衣带水之隔，绿野平畴间，小河如人家池塘，轻舟快，穿桑柘从中而行。每当日午风清，绿莽深处，辄泛出瓜皮小艇，尾逐客舟前。后询之，则卖鱼者。鱼价甚贱，去市价至四五倍，渔舟既来，令人不能拒绝，渔人于水舱中出鱼篓，遥见银刀乱掷，间得巨口细鳞之物，鲜美异常，又非松江市上之鲈可比矣。

（北平《世界日报》1929年6月22日）

九

恒人有言曰："上有天堂，下有苏杭。"若乎苏州之风景，未可没也。好游而未至苏州者，有二处必知之，一曰寒山寺，一曰虎丘。盖词人吟咏，见诸篇章，可闻之久矣。寒山距阊门有七里许，夹河桑林匝翠，一望无际。林外有石道，平坦可步。行近得一石桥，横跨两岸，即枫桥也，桥畔有人家数百户，是曰枫桥镇，寺在镇后，约三进，其间虽略具楼阁，然绝无花木草石之胜。有一楼，架一巨钟，盖应张继诗"夜半钟声到客船"句而特设者。殿外廊间，有石碑二，一破裂，一完好，皆尽《枫桥夜泊》诗，字大如碗口，作行书，极翩然有致。据僧云，旧碑系张继自书，新碑则拓而复勒者。然张继吟诗，何曾题壁，伪托可知。

苏杭一带，小河如棋盘蛛网，港里交通，随处可达。平常人家，大抵前门通陆，后门通河，于河更引支流一湾，直达院内，曾于友人席上，专谈"江南好"以为乐。一友曰："吾家环野竹篱笆，中植芭蕉、海棠、月季、腊梅之属，四时之花不断，罢钓归来，引船入篱。"座有北人，不待其语毕，即笑曰："诈也，时安有引船入篱之事乎？"予即白其景实，且谓江南人家家有船，正如河北人家家有车。河入篱内，虽属为奇，而江南之河，大都宽仅数丈，水平浪稳，小舟如床，妇孺可操。且人家所分支流有恰容一小舟者，则其入篱，自可能矣。

（北平《世界日报》1929年6月23日）

十

胥江由将门入城，支渠绕街市，河流汩汩，沿人家绕户而过。晨曦初上，居民启户而出，上流人家虽倾倒污秽，下流人家自淘米洗菜，妇孺隔河笑语，恬不为怪。外地人谓苏州人物俊秀，其因在此，谑已。

一泓曲水，七里山塘，昔人谓其处朱楼两岸，得画船箫鼓之盛，盖朱明之际，昆曲盛行，此者架船为台，在中流奏技，出城士女，或继舟以待，或夹岸而观，山塘一带，遂为繁盛之区。降及逊清，此事早不可复观。今则腥膻扑鼻，两岸为鱼盐贩卖所矣。

山塘处曰虎丘，妇孺能道之江南胜迹也，此山之所以奇，在平畴十里，突拥巨阜。山脉何自，乃不可寻。初在外观之，古塔临风，丛楼隔树，孤山独峙，一览可尽，及入其中，则高低错落，自具丘壑，回环曲折，足为半日之游。唯太平天国而后，花木摧残殆尽，蔓草荒芜，瓦砾遍地，殊煞风景耳。

（北平《世界日报》1929年6月24日）

十一

江南人士，谈苏州者，无不知有留园。园为江苏巨室盛宣怀之别墅，在阊门外大约二里许。园中亭台曲折，花木参差，极奇巧之能事。园中最胜处，中为一巨池，石桥三折其上，南端为水榭，杂植桃杏杨柳之属。偏西为紫藤一巨架，与一小亭，相互倒映水中。其馀二面为太湖石，间植梧桐、木樨，山下左设小斋，后植竹，宜读书。右为虚堂，无门。春草绿入其中，可小饮望月。略举一斑，其他可知。园之成传费四十万金，以予计之，成当不至此耳。

予曾读书苏州学校，为盛氏之住宅，与留园盖一墙之隔。其理化讲堂，即留园之一角，划入校中者也。教室上为西式红楼，下为精室。小苑三面粉墙，一处掩以雕栏，两处护以垂柳，廊外首植淮橘四株，其次为塞梨碧桃，交互则生，其三为垂丝槐五六本，更杂以紫薇，最末则葡萄一架，梅花围于四周。雕栏下有古井一，夭桃两树覆于上，夭桃之上，则为翠竹一排，盖隔墙之竹林也。相传此处为杏荪寝室，故其外之花木，罗列至于四季。予住校时，即卜居于此。花晨月夕，小立闲吟，俱感清趣，湖海十年，豪气全消，而一念及此，犹悠然神往。数年前乘沪车经过苏州，每见桑林之上，红楼一阁，恍然如东坡老遇春梦婆也。

与留园齐名者，有拙政园、植园、西园三处。植园以地僻未游，西园附于西园古刹（亦盛氏所建），简陋无足称，拙政园为八旗会馆之一部，虽小于留园，而池馆依花，山斋绕竹，皆精美绝伦。有玲珑馆者，满院怪石，不植花木，浅苔瘦蔓，繁华尽洗。石林中有一木屋，高不及丈，并无几榻，只设一蒲团，门上悬竹板，联曰："扫地焚香盘膝坐，开笼放鹤举头看。"恰如其分。

（北平《世界日报》1929年6月27日）

十二

虎丘之胜，有剑池、憨憨泉、拥翠山庄、云岩禅寺、冠云台、千顷云、阖闾墓、真娘墓、试剑石、点头石、千人石等处。拥翠山庄，沿山之半，建筑楼阁，南望天平上方诸山，如青幛翠屏，遥遥环峙，西望麦地桑田，一碧无际，名曰拥翠，得其实也。阖闾墓渺不可得，真娘墓亦土埂崩溃，杂生荆棘，当予游时，颇感不快。近得友人书，墓已仿苏小坟，建亭植树，且拥翠山庄一带，亦遍树桃李数百株，虎丘满山锦绣，已不如数年前之荒落矣。

清某君咏虎丘诗曰："苍苔翠壁无人迹，小立斜阳爱后山。"此非经过人真不能道。盖虎丘奇，在于土埂之中自生奇石。前山剑池，削壁中开，下临幽泉，人以为奇。其实斧凿之痕，斑斑可辨。而后山则石崖陡立，无阶可下，蔓藤塞泉，自有幽趣。且唯至后山，能现虎丘真形，而信此山非人工所造也。

（北平《世界日报》1929年6月28日）

十三

江金焦之景，人所美称，金山一寺，吾国老妪耳熟能详之处也。金山在江岸，步履可往，焦山则在中流，非舟才渡。客京口者行旅匆匆，多至金山而止。金山寺乃俗名，实则为江天禅寺。寺背山面江，雄壮开朗，寺后有塔，下建一亭曰江天一览，额为清圣祖御笔，曾国藩所重摹。圣祖之字，本极构板，曾书竟能貌似，可谓学其君者。登此四望,群山迤逦东来,能相连接,大江浩浩,为山所围,横卧其中,形势颇奇。为沿江带名胜所未有也。

天下第一泉,距金山约半里许,泉周围以石栏,可以平观。泉流固平,而其中则有微浪鼓起,作欲趵突状,即泉涌也。相传一泉原在江底,汲水者以铁桶沉江,上覆以盖,盖端另悬一索,可以将盖移动,度桶已及泉,则启之如容泉入,然后覆盖上升于江面。按此泉所在地,及以铁桶汲泉两说之事理,皆不可能,可决其无稽也。

(北平《世界日报》1929年6月29日)

十四

焦山之景,不以山胜,而以水胜。不以观水胜,而以听潮胜。凭栏注视,波浪翻涌,直奔眼底,如身在舟中。但小坐山阁,下不见长江,则波浪冲击山石,雷鸣鼓碎声。山上松涛起落,龙吟虎啸声。山谷回响,断山残雨声。是真是假,亦有亦无,又令人如坠大海,不能久坐。忽然清磬一声,自树林中又传来,始知身在山上。使欧阳修、金圣叹来此,则《秋声赋》讫《口技》两篇,当能多所借助,渲染更有声势矣。

(北平《世界日报》1929年6月30日)

十五

金陵为龙盘虎踞之地，于秀丽之中，寓以雄壮之气。以其都江南，真无逾于此矣，舟自上流头来，遥见下关楼台隐隐如在水平线上，其后青山一发，隆然高起，即狮子山也。山在仪凤门内，雉堞绕山麓而过，山作狮子伏地状，树林丛密，又若鬈毛纷披也者，愈增其威势。金陵北临长江，所谓飞鸟莫渡，此山更卓然独立，遥遥与浦镇韩王台对峙，不啻金陵之北门锁钥。

吾人读《桃花扇》、《板桥杂志》诸书，见其写金陵三月莺花，六朝金粉，极尽秀丽繁华之能事，辄不觉薰人欲醉，悠然神往。一至下关，匆匆摒挡行李，即驱车入城，一访前朝胜迹。而事实与传言有极端相反者，则入仪凤门而北，水田无际，野柳成林，寒街冷巷，荒凉满目。访雨花台唯有乱石载途，入明故宫只是瓦砾遍地，登北极阁亦复蛛网封门，凭栏小立，令人有荆棘铜驼之感。

袁子才随园，为曹雪芹家故物，即见时心焉向往之大观园也。吾人爱《红楼梦》之为一代名书，更又慕袁子才为一代才子，既来金陵，即令俗务杂集，而此处亦万不能不拨冗一观。出鼓楼西行，于稻田中得鹅卵石砌成之小路一弯，迤逦前进，皆在小山之麓，无何得一碑，上书曰小仓山，碑旁有乱砖砌成之小屋一间，极似土地祠。门以石瓦封之，空其上如破洞，探头内视，洞黑如漆，阴霉之气，中人欲呕。门上有横额，大书特书袁子才先生祠也。袁子才一生，风流放诞，享尽清福，而其专祠溃败，一至于此，亦所谓身后萧条者已。

（北平《世界日报》1929年7月2日）

十六

小仓山如蛇盘，如蟹伏，岗曲峦屈，乱草丛生，小径无人，不辨四向。山下有小坡，二三人家，负山种菜，求之随园诗所述小仓山诸胜，迄无所获。继于对山崖下，复得一巨碑，碑书曰：随园遗址。碑后有小记，述随园荒落，久为茂草，袁子才之孙，自四川宦游南下，觅出旧址，将袁墓重修理之。是则袁死葬随园，可以伏为，但碑口亦无丘垄，袁墓何在，仍不可知，登山遥望，唯鸟粪塞途，荒草迷径而已。

由小仓山更西行，山愈幽，草愈密，忽闻清筹一声，则抵清凉山矣。山有寺曰清凉禅寺，寺有楼曰扫叶楼，楼前小岫平铺，茂林丛聚，颇得萧旷之致。楼窗洞开，清风入座，秋日槐树初黄，夕阳淡抹，凭栏听秋声，别有境界。予尝有句曰："落叶无人扫，乱山相向愁。"写实也。

十七

湖以莫愁名者，以人名地也，民间传说，中州有女子曰莫愁者，嫁金陵卢氏，家湖上，会夫婿远游，深闺寂寞，颇有悔教封侯之感，湖为莫愁者是以名焉，然考之书籍，事又大谬，梁武帝歌："河中之水向东流，洛阳女儿名莫愁。……十五嫁为卢家妇，十六生儿字阿侯。"初未云嫁金陵卢氏也，又《旧唐书·音乐志》：《莫愁乐》出于《石城乐》，石城有女子名莫愁，善歌谣。一按石城为湖北钟祥县，清时有莫愁村在，初非石头城人也，后人以洛阳之莫愁，误作石城之莫愁，更以钟祥之古名石城误为金陵之古名石头城，于是两莫愁籍贯皆非矣。唯《寰宇志》，才记莫愁为南朝妓，后人承之，至以莫愁湖与苏小坟、真娘墓并称，形诸篇章，渐流于俗，苟其事为莫须有，不亦唐突古人之甚耶？此事世人多为舛误，故考证之。

莫愁湖既非卢家少妇之乡，则郁金堂亦不应在莫愁湖上，因此堂由于卢家少妇郁金堂一语而来也，堂中现无若何遗迹，其东偏有一庵，名曰华严殿。古屋牵罗，矮墙依树，萧条殊甚，堂上供明中山王徐达位，有联云：“此地曾传汤沐邑，何人错认郁金堂。”未免有点儿山气，馀皆长联颂中山者，因非所好，不能记忆。转不如堂外水心亭联：“一片湖光比西子，千秋乐府唱南朝。”落落大方，不着痕迹也。

（北平《世界日报》1929年7月4日）

十八

二三百年来，金陵屡遭大劫，名胜古迹，凋残垂尽，青溪张丽华祠，瓦宫寺、凤凰台，皆不识所在，乌衣巷斜阳惨澹，无复王谢之堂。虎踞关蔓草凄迷，亦失为花之市，游览既多，弥增感慨！

尝夜泊燕子矶，草木蓊郁，苔气扑人。月小天高，绝无人影。夜潮汩汩，撞打矶头乱石，湃然而起，悠然而息，前赴后继，阵阵入耳。悲风吹来，水木中老鸦，为之呱呱惊起，伏枕假寐，如非人境。推窗北眺，江流浩浩无声，水月相映，若在大雪中。隔江渔火两三星，闪烁作光，愈似此处与人寰隔绝也者。“淮水东边旧时月”“金陵渡口去来潮”，一时两尝此种境况，虽吴道子有巧夺造化之功，亦无法书出也。

（北平《世界日报》1929年7月5日）

十九

堂上有胜棋楼为徐中山当日胜棋处，登楼远望，翠岫明湖，悉收眼底，中山千秋事业，一代能臣，特于此胜地留下遗迹，则当更有不朽者。孙中山先生酷爱金陵，生则主张迁都于此，死又葬于紫金山，一徐一孙，前后遥遥相对，亦可谓"德不孤"矣。

出朝阳门约七八里，大道平平，康庄适步，翁仲石兽相对峙，亘延二三里而不绝。道左有大碑高逾数丈，述朱太祖起兵建业事。由此北向，即达孝陵之门，门凡三，启其左右以纳游人，危墙高耸，有如巨宫。正中高殿一，空洞虚朗，了无陈设。殿中孤悬太祖像，额突，目巨，鼻隆，下额前伸如瓢把之中，如见雄壮之气。或曰：太祖遗容有二，一丰颊美髯，霭然可亲，五岳朝天，近不可犯，此近于后说者，盖真像也。

穿此殿而过，乃为陵寝，陵高十丈，平列如小山，茂草人立，并无荆棘。陵前柏林萧疏，幽渺苍古，陵外松林环绕，隔绝人寰。登陵北望鸡鸣、老君诸山，层层拥护，南望翠野平芜，三茅山在百里外，若隐若现，以风景论，此处亦良足多也。今中山先生墓，与明陵相去约三五里，丰碑华表，均足千秋。朱元璋亦不失为种种革命人物，德不孤矣。明春拟作大河南北之游，当一展观。而十数次来往金陵，均为走马看花之客，只记此寥寥数语，亦难尽新都之美。读者欲一商量六朝山水，愿订来岁之约焉。

（北平《世界日报》1929 年 7 月 7 日）

二十

采石矶为长江天险之一，中流扼守，大军莫渡，今则江流绕迁，南岸沙渚，与矶相连，游人步履可登，失其倒挽狂澜之势矣。相传李白酒醉，弃舟捉月，于此蹈水而死，因之好事者于矶上构祠专供太白，于舟中遥望，见山亭水阁数处，藏掩于山石水木间，若夫月白风清，长江如练，芦花十里，作雪乱飞，则水天一色之间，当亦有人呼之欲出矣。

吴头楚尾之间，为江东八郡要地，孙吴遗迹，在在皆是。芜湖对江，有矶石，中流遥望，其大如拳，明沙浅水处，寒芦瘦柳，秋意袭人。矶上有祠，祀昭烈帝孙夫人，即今日京剧中孙尚香投江处也。矶名曰忠，似与贞烈灵祠，苦不相称。习为惯事，亦无一非之者。昔有人过此，书联云："思亲泪落吴江冷，望帝魂归蜀道难。"工稳绝伦。数百年来，艺林引为佳话，今犹悬殿上也。

（北平《世界日报》1929 年 7 月 8 日）

上海戏

繁华市场，不一定就是艺术的发展区。许多艺术家向繁华市场跑，有时却不免于失败的。

论到这一点，我们不妨谈谈上海的戏园。现在上海各戏园的戏，无论是说哪一朝，无论是哪一种情节，都得有些类乎幻术的布景。看戏的人，往往是为了这幻术而来。

这不必说艺术，站在戏字上，根本就不能立足。上海知识阶级中人，未尝不知道这事不对。然而上海戏园恰不需乎卖知识阶级的钱。你若是把艺术这些话去劝戏园老板，他只有说你是一个呆子了。

（北平《世界晚报》1929年12月3日）

顽石点头

幼时游虎丘，见有一人立而向前略俯之石，上镌"点头石"三字。问之土人，乃生公说法，彼曾聆之而点头者也。此无稽之谈，无待理驳。但传此说者，则吾所服唐。彼非寓言讽世，亦世之伤人心人语，所谓顽石点头，不但不必问其果点头与否？亦且不必问有无此顽石。后之人穿凿附会，因此事而立此石，因此石而有此名，则亦姑妄听之。盖如银汉浮槎，作笑谈取乐可耳。

然则古之人曷为而倡此说也？曰：愤于世无解人，借顽石以骂世也。其意若曰：生公欲说法，无可与言者，唯聚顽石言之耳。生公果说法，世无能解者，唯有顽石解之耳。事至举世不能解，顽石犹能点头，则人之冥顽不灵，其程度奚似？真骂煞世人矣。此犹就事论事也，据吾观之，不但无顽石，事实上且无生公。古今天下怀才不遇，望天而号，抱膝长叹者，皆生公也。奚必托迹槛外，倡玄虚寂灭之说者，始为生公哉？古之孤臣孽子，逸士骚人，万不得已，寄情于风月，即以风月为知己。万不得已，寄情于花鸟，即以花鸟为知己。彼风月花鸟，虽不必即能受知己之托，而对孤臣孽子，逸士骚人之所咨嗟凭吊，歌咏流连，亦绝无相率避免，而引为不堪者。是在片面观之，即认其默承已，亦无不可也。非然者，误引不知己之人以为知己，恐非不足知己而已，且对我之所言所行，特加以非难，宁不大为懊丧哉！是寄情风月花鸟，是聪明不是痴情，自谋不是逃世。生公对石说法，亦犹是耳。

花如解语真无奈，石不能言最可人，若生公者真解此意矣。

（北平《世界晚报》1930年2月28日）

观人于微

　　观人于明，不若观人于微也。观人于亲，不若观人于疏也。观人于衣冠齐楚，雍容揖让之间，不若观人于袒臂跣足、戏浪笑傲之时也。何也？盖明也，亲也，雍容揖让也，为人所慎也；而微也，疏也，戏浪笑傲也，则为人所忽也。夫慎者不免矜持，而忽者可得而见其真面目矣。

　　沪上有所谓荷花大少者，于黄梅时节以后，骤然出现，如春笋之怒发。当其招摇过市也，绮罗遍体，风度翩翩，望之如腰缠万贯。及其既归，则脱长衫，卸丝袜，烹饪洗濯，躬自任之。而室如斗大，晚来洞黑如地狱，犹向邻人王裁缝借铜板四枚，始能购煤油燃灯也。有以诗嘲之者云："起早洗长衫，黄昏自著出。阿娘倒马桶，相见勿认识。"此亦痛骂之至者矣，然而果实情也。若于其招摇过市时观之，果得料其为何人哉？此一事也。

　　尝读《水浒》，宋江发配江州，路过梁山泊，花荣等迎之，欲为开枷。而宋曰：此是国家法度，如何敢擅动？此其在众好汉面前，俨然一守法君子也。而其至穆太公庄上投宿时，两个公差告宋江曰："押司，这里无外人，一发去了行枷。"而宋江则答以说得是。由是言之，国家法度，有外人处则要，无外人处则不要矣。此又一事也。

　　天下之大，岂少荷花大少与宋公明之徒，而大庭广众之中，孰能一望而断其为卑鄙无耻，大奸大诈之人哉？于是而可悟观人之术矣。

（北平《世界晚报》1930年3月23日）

西湖园林

西湖苏堤以内,人家园林,左右蝉联,树木参差,亭亭相望。古人所谓五步一楼,十步一阁者,于此乃可微信焉。此项园林,杭人统称之曰庄。其间如刘庄、宋庄、高庄,为三尺孺子所能道。花木泉石,极铺张之能事。然大半楼阁皆空,幽花自落。客欲有游者,毋须通谒,坦然径入。间有三五名庄,由一班侍役看护,就花设案,烹茶享客。客行则出资掷案,恍如官僚制度。问之,则庄主人经年不一到。侍役于薪资外,藉博蝇头之利耳。盖此中主人,皆一时显宦。偶然兴到,遂在西子湖边,经之营之,为他年终老之计。然年复一年,名缰利锁,终不能脱。祖如是,父如是,子仍如是,有传之数代,而主人翁未尝在其所营之庄中,曾有十天半月之勾留者。故其所置别墅,名曰自娱,实为西湖游人,多谋一歇足之所耳。

有人咏西湖某庄曰:"红装楼阁碧栏干,锦绣湖山簇一园。偏是主人千里外,年年只展画图看。"此真道破世情,令人首肯不置,使其主人一读此诗,将悔置此庄之多事欤? 抑叹有福之不能享欤? 是亦局外人无法为之解释者耳。

盛宣怀在苏州营留园,名驰江南。而盛犹以为未足,有思补楼之设。楼上绘画二十四轴,预计留园将如图以扩充之。然无缘如吾人,犹得居园中半年,盛则未一日居也,果如计补成,又何用哉? 窃叹人心之不易足,而又叹园林之享,亦须有几分清福也。

(北平《世界晚报》1930年4月7日)

西湖十可厌

予游西湖三次，未尝为文记之。以杭州景致国人耳熟能详，无烦为之记也。此次游杭归申，本计雄翁一再嘱为一文，雅意似未可却，姑作十厌，以志所感，所望雅人来主是湖，有以正之。

两堤如带，有马嘶芳草人醉玉楼之概，今一为柏油路，一为石子路，芳草尽除、桥平如砥。岳王庙若在五父衢头，苏小坟绝无碧波细草，可厌者一。湖中一水门汀纪念塔，点缀湖山拟不于伦，平湖秋月，在依栏小坐，平视波心，今亦封树一塔，令游人作面壁之维摩，煮鹤焚琴，莫过于是，可厌者二。沿里湖葛岭之麓，洋楼叠起，久碍观瞻，近更电炬通明，一切月岭星波之胜荡然无存，可厌者三。三潭印月之后，宜望汪洋，只馀三影，今则水中立电杆一排，树丫水面，如镜而锯无数长钉，可厌者四。庙中知客和尚，见游人苦作笑脸，絮絮问贵客公干，殷勤招待，出簿化缘，若作贸易，可厌者五。苏堤头有常春恒一洋楼，全屋作手枪式，唐突西施，莫此为甚，可厌者六。沿湖随处有人家私墓，封碑巨石，"大人""孺人"字样，触目皆是，可厌者七。孤山独立水中，古梅老石，境须清幽，今则前为马路，后列长桥，草坡易为巨石码头，曲径改为柏油小路，楼阁叠起，空疏尽塞，可厌者八。各处名胜，皆有野鸡照相师，见有客至，苦苦追随，絮聒不休，可厌者九。尚有其一愚不欲尽言之，留他人随作感想补之可也。

（上海《晶报》1934年2月24日）

星期六京沪夜车

今天又是星期六，便联想到今晚的京沪夜车。

南京友人某君，曾和我说过笑话。他说，一个人要找他本分的事做，那是会够他忙的。譬如监察委员，或者监察官，如肯在星期六晚上，在南京搭了夜车头等座，到上海去，决不愁没有题目好作文章。可是，并不去坐这夜车，社会上也不会因此有什么大问题发生，又何必多事？他这话说得很隐晦，我不大"十分"明白。爱坐星期六夜车的人，或者明白吧？

在这里，我便想起了胡展堂先生。不客气言之，胡先生的量，不是怎样宽宏的。可是有一件事，值得我们佩服的，他在南京做官的时候，并不惦记着上海的租界。自然，星期六夜车的风味是没有尝过的啊！

北京政府时代，那些腐败贪污的官僚，每逢星期六下午，就溜到天津去狂嫖滥赌，往往是误了星期一的公事。当今执政诸公都是廉洁之士，决不把上海当天津，这是社会公认的。某君所谓星期六夜车，必是指着一部分无业游民而言。这是应当郑重声明的！

（上海《立报》1935年9月27日）

唐伯虎

　　"唐伯虎"三字，江浙一带，妇孺皆知。尤其苏州人，能自道其履历者，无不能道唐伯虎也。此等成绩，皆为《三笑因缘》所造成，而《三笑因缘》中所描写之唐先生，几成一无赖文人，实未备有典型人物之价值。姑从长处论之，则唐不惜屈身为奴，以谋娶秋香，是能打破阶级观念者，聊有可取耳。于是吾有感焉。夫男女平等，男子恋婢女可成为佳话，则女子恋男仆，即不为佳话，亦不成为大恶，何以前数岁黄慧如之爱陆根荣，即冒社会之大不韪？数百年来，唐先生始终保持风流才子之名誉，黄则憔悴而死矣。人言真可畏也。虽然，唐之风流才子名誉，当亦为日无多耳。

（上海《立报》1935年10月9日）

白门十记^[1]

　　金陵既建为国都,凡百事业,与日俱进。说者谓物质差备,已具现代都会雏形。再以十年之努力,其必占东亚大都会之一席,可无疑也。然金陵之为世重,固不始于今日,论文物则吴晋风流,六朝金粉。论形势则楚尾吴头,龙盘虎踞。第沧桑数劫,事境多嬗耳。故建都不下十代,筑城远过千年,而旧日规模乃不能与燕京一较短长。古今诗人,石头城吊古,感慨弥多者。良有以欤?愚旧过白下,将及十次,今居京华,亦以两年,耳目所及,前后恍然隔世。因知昔曾游南京者,苟不复临斯土,未必能信有今日物质进步之速。而今日观光首都,昔未曾一入下关者,又未必能想像当年之荒落情况也。因之拉杂见闻,共为十记。虽述新知间参旧迹,或亦可为游侣

---

[1] 今仅存四记。

之小助，供凭吊吟咏于一得耳。

记繁盛区

　　至首都者，大抵多自城北来。或由和平门入，斜驰中央路而至鼓楼，转达中山北路。或自挹江门入，经由中山北路长驱而达新街口。但见大道荡荡，汽车碌碌于上，终日绵延不绝。由齐楼至新街口一段，嚣杂尤甚。行人欲越路而过，恒须驻足小立，徘徊左右顾，然后乘车马间断之小隙，急趋而前。此在我国，唯上海有此情景。南京建都，仅仅十载，人事之繁，至于此极，可惊也。

　　新街口为一圆式大广场，四大干路，交叉四方，于飞机上作鸟瞰，俨然一巨大之舵轮，平置地上。广场上花台树木，其似轮齿，而中央一巨大炸弹模型，其轴矣。广场四向，夷楼夹峙，钢骨水泥之建筑，触目皆是。七八层大厦，月有所增，犹方兴未艾。故预计三年之后，此间可与上海南京路抗衡矣。

　　二十年之前新街口，为塘坊桥与明瓦廊之衔接处，菜圃竹林，杂以草塘，有鹅卵石小路一条，纵行其间。道旁矮屋数椽，乱砖为垣，野树两三株，斜支草棚而出。尝偕友人游清凉山，经此往夫子庙。蹄声得得间，驴背上与友闲谈，挥鞭指道上曰："不信江左大城，中枢尚荒落如此。"曾几何时，而乃或为车马喧胜之域。惜友人之墓木已拱，不及观此盛世矣。

繁盛区最繁华之一线，则为太平路，南自门帘桥，北抵大行宫，巨肆夹道，市招如云。入夜则火光烛天，远及数里。星期日两旁便道上，行人踵接，自朝迄暮勿绝。行人丛中，十之二三为一武装健儿挟一丽姝而行。此不仅可以觇新都气象，亦可以知现代女性之风尚矣。

新街口广场之北，为中正路，路左仿北平市场制，建一商场曰中央，规模略似北平劝业场而小，精结则过之。其间百货悉备，而故都商品，尤占多数，吃饽饽似正明斋，买玩具似松竹梅，而福生食堂，厚德福豫菜馆，且为北平支店。甚至废年应景之蜜供，中秋应景之兔儿爷，亦可于此间购得。故北地南来之人，借此固可少慰相思，而未尝一莅北土者，亦得一尝异味焉。

繁盛区之商业，亦略有部分之差。大抵洋货绸缎，传备于花牌楼至太平路，酒食菜馆，罗列于大行宫至新街口。文具图书，独多于杨公井，而新街口东北角，尽为银行区，崇楼巍峨，耸峙道旁者，皆金融界之新建筑也。顾银行亦有散在白下路建康路者数家，此则以建筑在先未能迁移耳。

旅客有欲遍莅繁盛区者，则可自中山北路乾河沿起南行。至广场折而东，历土（改为"新"）街口至大行宫，复折而南，循太平路直下至建康路，回顾西向行，达中华路。则京国繁华，可一觉无遗矣。

记夫子庙

在昔民国初元时代，叶楚伧先生，有记白下诗云："终是六朝金粉地，南城箫鼓北城兵。"北城指下关，南城则夫子庙上，秦淮河畔也。吾人更读《桃花扇》、《灯舫夜游》之曲，《板桥杂记》、《珠帘隔水》之文，可见秦淮盛事，自古云然，非今为烈。客有至首都者，固必瞻陵园山林之美，然亦未有不慕秦淮粉黛之艳者。既作白门杂记，难付阙如。附庸风雅，聊叙数事，若谓导旅人于狭邪，则吾知罪矣。

夫子，圣人也。祀圣之地，虽俗称圣庙，然各地名称，恒曰学宫，兹直以夫子庙称之，则南京土著语耳。固已失其庄严矣。笔者奔走南北十馀省，所阅学宫，当可百数。或则朱垣翠宇，壮丽凌云。或则古柏高轩，静穆如画。若白门历朝胜地，今日首都，而以喧嚣湫隘之居为圣地，固人所不及料。更以夫子所居，接邻琵琶门巷，几为温柔乡之代名词，尤近于不经，然事实固如此也。齐人归女乐，三日而夫子行。圣人在天之灵，未知何以处此，无已其以马氏绛帐笙歌解嘲乎？笔者为此，初亦甚涉疑阵。兹检阅图志，则知明有国子监规模宏大，在鸡鸣山之麓。清之中叶，数度毁于兵燹，寸椽不留，乃迁圣庙于朝天宫。秦淮河上夫子庙，盖江宁府学旧址耳。朝天宫今已改建古物陈列所。首都圣地，遂不得不屈居于此矣。

夫子庙为一摊贩市场，与上海邑庙、北平天桥，地位相等。江湖卖艺之流，市廛负荷之客，支棚为市，庞杂无序，虽夫子有教无类，当亦伧俗难近。幸中部数殿，近年辟为图书馆与小学，犹为夫子留一席干净地。客闻夫子庙之名而来，当废然思返。顾俗称夫子庙，实非指此市场，盖概括夫子庙东方秦淮北岸，十馀处街巷而言也。客悟此，然后可言夫子庙。

庙上热闹处为贡院街，受夫子庙统称，而街名反不彰。茶楼酒肆，歌社鼓场，夹道相望，白昼差胜冷巷，略无异状。及华灯既上，丝竹争喧。卖醉则车辆盈门，听歌而冠裳争道，升平之事，乃可想见。油壁轻车，丝轮雪亮，驰逐人丛，其上所坐丽人，脂粉浓敷，乌云簇涌，蝉翼衫轻，肌肤微露，顾我而盈盈一盼，人去则空气皆芳，虽非素识，能不神移乎？故客到甚易勾留，歌场不难座满。

秦淮袭六朝之馀荫，历代为莺花之薮。国都既奠，即严娼禁。

然群莺乱飞，繁华尽谢。于是乐院乃代之以歌场，伎流亦化为歌女。名色虽非，流风犹在，秦淮盛事，差可保存，歌场固曰高尚娱乐，人尽可至。其间上布小台，下临群座。台上前列铜栏，后帏巨景。中横一案，覆以绣围。电炬百盏，周绕上下。背景亦列上下场门，列乐队于一角。绣帘轻启，艳装歌女，轮序而登。歌时，身距小案可尺许，正襟端立，任客平视。有时忍俊不禁，回眸一顾，则满座哗然，掌声四起。初非目挑眉语，而致人荡气回肠者，乃有甚焉。

一场之歌者，多则四五十人，少亦二三十人。故每人虽短歌数分钟，尽足销磨长夜。客至，无须购票，择案自坐，侍役即以茗碗进。茗有定价，每客仅二角五分耳。一盏在手，秀色饱餐，客虽至贫，当无所苦。顾听者多属醉翁，歌者遂少上选。若志在快耳官之娱，必宁避席。

歌女非旧日妓流可比，大半读书，识字。自由平等，尽能言之。故客或有倾心，不得视为玩物。则当张筵酒肆，具束恭邀。来则主宾杂坐，须无差视。且樽箸不亲，小坐即去。初步交谊，悉淡泊若此。若欲计为深交，自多周旋，非本文所宜及。笔者乃告旅客勿习于艳闻，草率问津，徒增懊丧耳。

首都无夜市，十时而后，街上行人即稀。唯夫子庙上，宵夜馆较多。馆中座位，悉作火车间状，一灯荧然，外张巨幖。间辟精室，亦地如斗大，不容徘徊。然夜游之神，趋之如鹜。盖笙歌既辍，众美各归。知己之士，飞笺召所爱来，帘幞深垂，舄履交错，把盏而絮语喁喁，接座则衣香习习。此中情况，未足为外人道。客有真欲宵夜者，则孤掌难鸣，徒惹注目，幸勿擅入耳。此外有豆腐涝馆，兼卖油煎饼、莲子羹等物，亦都门特产。豆腐涝出锅半温，中加酱、醋、辣油、葱花、菜丁，香辣可口。油煎饼以细粉所制，中加蛋汁，于沸油中煎成，故名。香脆松软，兼而有之，尝于听曲兴阑，食之辄饱。

夫子庙吃茶去，此为至南京者所习闻之言，亦为居南京者欲尝试之事。顾此与听歌相反，愈早则愈感有趣。大概早晨六时至八时，为最盛时代。凡一茶社，楼上下设座百馀席，均必告满。与三五友人，把臂入座。但见头颅攒动，笑语喧哗。频频往于人丛中者，除茶博士而外，各种小贩陆续奔走，如行闹市。尝谓夫子庙茶馆，系一中下流社会市民展览会，则其所包藏者亦可知矣。但各茶馆，亦自有相当之顾客。如奇芳阁多长衫朋友，六朝居多工人，奎光阁多土著老叟，入境问俗，观于茶馆，可知各级社会之所好矣。

庙上酒肆，不下二三十所，味分南北，大都各树一帜，而客之做走马看花计者，则当择临河之所，如太平洋、六华春、老万全、老宝兴皆是也。此等酒肆，大都于最后一进，临水支阁，凭槛迎风，举杯邀月，亦复稍摒嚣杂，胸襟开朗。昔时娼禁未严，灯舫夕表，则鬓影钗光，哀丝豪竹，由游船次第经过。于此把盏看花，更属豪举。其留恋忘返者，且陶然尽醉，不知东方之既白焉。

记新住宅区

民国四年，落拓过金陵，寓下关。有戚某，种菜于城内西北角之凤林寺山下。邀之过往，欲叙乡谊。风闻袁子才墓及随园遗址距此非遥，则慨然应诺，策蹇入城。由仪凤门达三牌楼，折而西南行，小径一道，曲折荒园野竹之间，时有小溪流水，蘋藻参差，而茅屋二三，现隐林表，则俨然乡井风味，不复知身入名城矣。今其地崇楼大厦，望衡对宇，大道康庄，轻车四达，客有初临此地者，辄疑身入上海西区，无复古城遗迹也。此即新住宅区是。

该地在中山北路之西偏，原分四区。以他故，仅辟其二。两区南北相接，外画宽衢，披览全图，为一锐角三角形。区之北端，以颐和路为中心，支路丛出，夹道建屋。市有定规，至多以地基百分之六十建室，故沿路人家院宇宽阔，草木杂植，不如他处窄狭简陋可比。筑屋者十九为富人，则亦钩心斗角，出奇制胜。虽其中均为西式，然或拟为城堡，或拟为宫殿，楼不并齐，屋不同样，尚错落有致，壮丽美观，其有以鸽笼为生活者，固不无望洋兴叹之感也。

新住宅区，既悉为住宅，乃不许有一商店存在。且该地偏处城西，向距闹市遥远。于是鱼盐柴米之所需，不得不求之于数里之外。甚至纸烟火柴，平常有井水处可得之者，此亦须越数街始得之。故卜居新住宅区者，必有如下之条件，有汽车，有庖人，有能骑自行车之健仆至家必置一电话，犹毋待论焉。

新住宅区境界未齐，路复多出，而地名由于初创，更非市人所习闻。故初至该处访友者，往往曲折徘徊，如入八阵图，如坠五里雾。至其间主人，亦多为高级公务员，朝出暮归，门可罗雀。非得遇警察，且亦问路之无由。此初至首都旅客，所不能不知也。

是区路途宽阔，行人稀少，虽白昼经过，犹静穆无哗。除二三十字街头，有少数人力车停驻外，平常街巷，无车可呼。故风雨之夕，虽住户犹感不便，更无论来客矣。尝于晚间饮于北平路友人家，酒阑灯灺，客亦微醺，起谢主人，踉跄上道。时白月在天，人影倒地，清风徐来，微有花香。精神朦胧之间，循路斜行，未辨南北。道经一处，则见树木葱茏，粉墙微曲。其内有灯楼，茜窗微启笼以绛纱，光映暗空，都带醉色。时有钢琴叮咚之声，疾徐中节，由窗内传出。复有娇脆之音，歌银幕上《璇宫艳史》之曲。醉眼朦胧之人，宁不陶然。驻足静听，忘时久暂。及省悟当速归，拔步便行。不数武，忽入荒野，青林笼雾，蔓草阻途，路愈行而愈歧，竟跌入两三古冢中。观此则新区宅区之演变，可推想矣。

记城北

南京旧俗，画全为城南北。大抵在四象桥以南者曰城南，四象桥以北者曰城北。今则习俗稍变，越过中山东路，始为城北矣。

然仔细玩味，城北地域广大，俗所谓城北，犹未尝泛指。大抵谓鼓楼附近耳。若丁家桥三牌楼，昔有专名。更北，虽不出城，人几乎以下关目之。

昔日下关辟商埠，商运集合于聚宝（今中华门）水西两门，市场拥聚城南。鼓楼左右，只见山岗起伏之间，园圃相望。虽有人家，亦复如四郊村镇。荒凉寂寞，了无生气。定都以后，城南距舟车之运既远，而屋宇阴暗卑狭，不合新朝贵达之脾胃，稍有资者，均争向城北广场经营一席之地。且城南街巷簇拥，一切新建筑，无可发展，亦一一设于城北。于是俗所谓南城热闹北城荒者，今日恰好倒置矣。

昔中山北路虽辟，而夹道田园，无市可设。于是自鼓楼西南行，经唱经楼鱼市街而达北门桥，供求相应，商肆麇集，银行公司，争设支店，市面繁荣，几与太平路争一日短长。顾此处未拓宽大之马路，而中山北路之建筑，且日新月异，遂复见衰落。唯鱼市街一段，尚具太平路雏形。今又辟北平桥商场，较之中央商场，具体而微，当尚不至如门东门西诸旧街一蹶不振也。

城北各普通住宅区，房屋夹杂，活画出中国一般新旧矛盾之现象。穷街冷巷之间，或见柏油路一段贯穿而过。或见夹楼数叠，突出于鱼鳞隐隐之屋瓦上。听市民语言，北胡南越，三秦两粤，无不备具。虽偶闻南京土语，不复信其为当地主人翁。笔者住唱经楼畔之新安里，周广百亩，楼屋悉为上海西区之弄堂式，结邻十户，虽籍贯各异，而八户来自旧都。对过小楼二三十户，大半粤人。越一小广场为宁兴里，则居民语言尤杂，且有碧眼黄发之人，虽终日不闻一作南京语者可也。南京居民，旧本不及二十万，一向度其适常一贯之生活，大半幽闲（如机房后人，候补官吏后人）。一旦新都市之怒涛涌起，百物胜贵，已非所堪。而人口激增，在在逞喧宾夺主之势。于是此辈非以房产谋得善价，迁居不失南京风味之门东门西，即襆被出都，各作乡居。于是南京人愈少于外来人，而南京语不复如上海北平语，能同化不远千里而来之众客矣。

北门桥之"北门"二字，于义费解。或以为宋元旧城，止于桥南，今之城北，盖郊外矣。今城更北圈，依玄武湖而达下关。襟山带湖,形势险要。登鸡笼山之头,左瞩钟山,娇娆天半。俯瞰后湖,巨镜天开。五洲如凫泛螺浮,风景绝佳。西偏有寺曰北极阁,凭栏远视,隐约可见长江一角,今则复朱明旧制,改为中央研究院气象。东偏为鸡鸣寺,传为六朝名胜,由南唐之涵虚阁改建。寺依山凭城,建有敞轩,题曰豁蒙楼。依槛小坐,把盏临风,则湖光山色,悉在几榻间。一载以前,为城北游览胜区。今则谢绝登临之牌,立于道首。游人行经鼓楼东偏者,但见隆然一峰,突起城角,林木森森之间,微露亭阁,残霞落照之时,幽丽如画。

忆南京

见梅花

由北平逸家南京，卜居唱经楼畔。鸡鸣寺之山林，丹凤街之高阜，于新建筑之一角外，古意盎然。残冬既属，桃符神祃，时露唐家檐下。狭隘之闹市中，卖腊梅虎刺水仙者，挨挤于人群。晨出购物，于其间辄多佳趣。中有一卖花之瘦汉，交易久，遂与予识，遇必点头为礼，俨然久矣。

来重庆后三日，于街头时见老少花贩，执梅花腊梅向人兜售。不禁百感交集，俯首而趋。默念唱经楼畔卖花人，今复如何？大好河山，忍令沦于夷狄耶？好男儿，吾辈其迷起乎！

（重庆《新民报》1938年1月19日）

社前车夫

予在南京办《南京人报》，差能与同事共甘苦，每晚拂晓归。社前有一人力车夫，深夜辄拉车来相候。有时至日出，亦不去。恋在予给资稍丰也。久之，于灯前见其鬓毛斑矣，良不忍，信价给之。车夫以是益与予稔，虽大风雨亦来。同社人亦渐知其老，群号之曰老头子。每当要闻齐稿时，同人于楼窗下瞰门首曰："老头子来矣。"盖言去天晓不远也。

某夕，乘车归新安里，适壮丁队出勤。予语之曰："此防空袭者，汝怕日本飞机乎？"彼答："先生且不怕，我贱命，怕奚为？且我业拉车，舍之将无以求活。"予曰："我文人，不能拿枪。南京如不守，予必走。汝其降日本乎？"彼答："是何言！日本人来，必坐车，我当拉至清凉山，颠而杀之。事败，当拼老命；不败，我当继续为之。"予壮其语，更厚络之。未尝以语人，秘其计也。今未知老头子能行其志然否？仅有此语，亦不凡矣。

（重庆《新民报》1938年1月20日）

江边渔翁

前岁春，南京有摄影画展。友人取《江边打渔图》索题，予为二十八字曰：

"满江风雨斗孤身，丈二长竿网寸鳞。谁是甘鲜谁是苦，樽前敢问吃鱼人。"

诗浅薄不足道，但舟渡扬子江，斜风细雨之间，见江滨渔人张网，辄忆此诗。南京失陷后，南京芜湖间，悉为寇舰所蹂躏，大江两岸，几成沙漠。即此风雨孤身，谋此寸鳞者。亦不知何在矣。

（重庆《新民报》1938年1月21日）

孝　陵

孝陵在中山之阳，极得山川社稷之胜。虽建筑简陋，非复明代旧观，而一小殿，一隧道，幽深寂寞，于苍林夕照之间，转增游人低徊趣味。此瞻孝陵者类所能言也。登陵之废城连眺，但见岗峦起伏，川谷绵延，连于无际。巨城环绕西偏，所谓虎踞龙盘者，呈现于开阔天宇中，尤令人有奋发为雄之思焉。

洪秀全入金陵，纵有宗教关系，仍大举祭典于此。民国初元，共和政府成立，中山先生以元首地位，亦亲临祭陵。良以朱元璋扫除异族，恢复大汉河山，非复其他帝王可比，祀以往之民族英雄，即表示当前之民族观念也。

今璀璨京华，遍染腥膻，庄严肃穆之孝陵，不免沾惹馀臭。太祖在天之灵，能无痛哭乎。

（重庆《新民报》1938年1月23日）

鸡鸣寺

京寓距北极阁不远，每在晨光曦微，或月上黄昏之际，辄喜小步于山麓。因其虽邻闹市，而树木葱茏，绝少尘氛，每来胸襟必为之一畅也。山之东北角为鸡鸣寺。寺有豁蒙楼，踞山倚城，下临玄武湖。凭栏则峦光水影，悉在几榻。二十四年冬，大雪数日，全城皆白。曾与友好数人，赏雪素酌于是。但见辟玉山头，云雾弥漫。其下湖水浩瀚十馀里，转作青黑之色。风景如画。酒酣，予笑语曰："河山犹是也。孙大帝练水兵于此，梁武帝被困饿死，亦于此。龙盘虎踞奚足奇哉？顾人为如何耳。"一时朋友兴发，颇多吟咏。二十五年冬，复欲游山，则已列为军事要塞，禁止窥探矣。

两年来，吾人虽不得游山，然以为国际之事随处得见，正复可喜。且戏语友人，一日得重游鸡鸣寺，天下太平矣。今则吾人之游山固已无日，且该处要塞，转为资敌。不堪回首，不堪回首！

（重庆《新民报》1938年2月2日）

清凉山

清凉山在汉中门之北，挹江门之西，山峦重复，草木丛杂，人行其间，几疑不是城市。山之西偏，城垣一曲，遥对长江转折处，足做防守之炮兵重地。故在前三年，已列为要塞区，游人不得过扫叶楼一步矣。

扫叶楼本佛庙之一角，其下有小殿，龛中有神像，蓝面虬髯，圆目重眉，向人做怒视状。像下有神主，题曰睢阳张令公之神位，盖张巡也。张为有唐一代最忠烈之人物，守土不辱，身为城殉。扫叶楼为当年墨客词人吟啸之地，不知是何因缘，独祀此公？若冥冥之中，预有以励要塞士卒者。然而要塞士卒未能守也。蓝面神像，今当尚在楼头怒视。不料千秋之下，公尚有此一度泛沧。南京人（连我在内）得不愧死哉？

（重庆《新民报》1938年2月4日）

新闻学会

南京新闻学会,设于新街口国货银行之六楼。室曲折为二,一宏敞,中置长桌,配以便椅,环桌椅之外层,倚墙更设座位,便于会议;一略小,设精致沙发茶槅数事,报人来,支足吸烟,隔几而谈消息,亦系一乐。卢沟桥事变后,中宣部邵力子先生,辄于傍晚六七时,召集各报负责人,开座谈会于此。愚尝数数与会,每闻紧张消息,辄不觉向窗外视,则见紫金山巍然高峙,中瞰楼头人,且有所照示。更俯视则此地高于一切,通衢回绕,如画棋盘。车马纷纷行崇楼大厦间,渺如小鸟。因念伟哉此楼!胜会能常开乎……

今未知此楼如何,又未知何人于此支足吸烟而对紫金山也。

（重庆《新民报》1938 年 2 月 19 日）

永仓巷

南京城北,有城市山林之胜。未定都以前,处处皆有竹林菜畦,固富于乡村意味。其后新建筑蓬起,康庄大道,常伸入平林远岫之间。新街口面北,岗峦起伏,园林密迩。虽夷楼相望,依旧清新可喜。曾访友金陵大学,顺树林而行,忘路之远近。忽得一永仓巷,入巷中，佳木葱茏，绿荫覆地。时当亭午，阳光一线，穿绿峡而拂地。行人二三，悄然走树下，毫无车马之喧。久之，一卖花妇，挽筐慢唤而来。树下一朱漆门，呀然辟。有垂发女郎，衣长衣，白质而紫章，招卖花妇而与之语，此情此景，予直觉此身已在诗句中，亦在画里。视墙上地名牌，则平仓巷也。

闻首都陷后，此地属难民区，倭寇屠平民两万于其附近。今日是何景象，不难凝想，真古人所谓一度思量一怆神也。

（重庆《新民报》1938年2月15日）

直把杭州作汴州

宋高宗南渡,建都杭州,无复收回中原之志。西湖本具天然之美,既为国都,其环境可以想象。于是有诗人不耐,如林梦屏者,赋诗一绝曰:

"山外青山楼外楼,西湖歌舞几时休? 暖风熏得游人醉,直把杭州作汴州。"

八九岁读《千家诗》时,即烂熟此诗,了无感觉。今来重庆,于车水马龙之间,既忆北平,复忆南京,遂深觉此诗冷隽,辄独自吟之。且悔恨儿时将诗当曲子唱,深负古人也。

(重庆《新民报》1938年3月29日)

想起南京的建筑

十年前的南京，是一所带着农村意味的老城。在"八一三"的前夜，却变成近代化的大都会了。据一位建筑家说，十年来所用的建筑费，包括水陆交通在内，大概是五万万元。这数目自然不十分准确，但花了一笔很大的款子，是无疑的。假使这些钱，自始就用在国防上，那要做多少事情？至少是甘新铁路、川滇铁路，都成功了。如今呢？只是损失。

过去的事，追悔有什么用？不过在报上看到花钱百万元建筑的交通部，已经被日本人烧掉了，偶然有这个感想。自今以后，我们应当学学苏联，非关生产的建筑，应当完全停止。社会上少浪费一文，国家就多加一文的元气。至于像交通部这样的建筑，仅仅是让一部分公务员去住皇宫，更所必禁了。

（重庆《新民报》1938年6月30日）

忆上新河

去夏沪战起，移家南京西郊之上新河。杨柳江村，水木明瑟。久居都市人，一日置身豆篱瓜架间，耳目一新。辄念战事平后，能久居于此，计亦良得。旧历中元之夕，晴空如洗，月下无微尘。扶病步村后长堤上，见柳林如墙，中围稻田数百亩，远处楼阁，隐约月色中，风景如画。忽有野火三四丛，自村镇尽头作闪烁状。询之同行家人，则乡民祀鬼也。予曰："京市空防虽好，乡镇终不免疏忽。今夕月明如画，为敌人空袭良好机会，奈何纵火予人以目标。苟国人均麻木如此，则明年中元，吾人不复知在何所矣。"家人认予病中作悲观语，哂之。

为时几何？又中元矣。上新河之月无恙耶？杨柳江村无恙耶？烧纸钱吊野鬼之人亦无恙耶？白月如冰盘，照寓楼几榻若梦，熄灯玩孤影，不胜凄怆。复忆二弟啸空，去年今日死于北平，又不知今夕北平月色如何？彼一棺卧萧寺中，老母妻儿均在故园烽火前。鬼若有知，其凄怆得毋更甚于人乎？

（重庆《新民报》1938年8月12日）

上海之役

　　第一期的上海之役，我们曾争持过三个月。当时用常识判断，都觉我们所表现的力量，足寒敌人之胆。而事后所听到许多军事家的批评，却可为我们舍去太湖的湖沼地形不用，守在上海边上，去受敌人海军、空军的威胁，是一个绝大的错误。这种"事后有先见之明"的看法，自然不能说全无道理。但由"八一三"直到我们退出苏州河为止，所给予国际上的影响，也不小了吧？假使"八一三"炮声一响，我们立刻放弃上海，退守苏嘉路，纵然战略上有利，但对于全国的民气，也有莫大的打击，未必不影响到全面抗战上去。上海失陷了八个多月，今年的"八一三"敌人还不能不如临大敌，充分的戒备，又何尝不是抗战三月留下的因之有以使然呢？我们不懊悔，我们只有检讨过去抗战加以取舍，我们继续地干。

（重庆《新民报》1938 年 8 月 13 日）

说黄浦烈士

上海一个老百姓，在渡过浦东的渡船上，抱住一个日本宪兵，一同滚下江去。这种舍生杀敌的伟大精神，真值得我们钦佩。而其痛恨敌人的程度，也大可想见。他根本没有在报上预留下遗嘱，决不是求名，直到于今，人们还不知道是张三李四呢。也没有人悬下千金重赏要他这样做，当然不是求利。他唯一的要求，只是为中国除掉这个敌而已。

这位志士的姓名与身份，虽不知道，但我们可以推想：他的家庭，当不在租界上。因为不在租界上住家的人，才不会忘了国难，才容易受着日寇的残杀，以引起他的痛恨，而出于一击。由此，可知当求抗日英雄于沦陷之域，在安乐地带的麻木群众，是没有希望的。

（重庆《新民报》1938年10月22日）

隔江商女对什么

重庆的歌女清唱社，将要由一家增到五家，桃色的升平粉饰，与武汉失陷、长沙大火同时并举，有人以为太不像话。其实，这是书呆子的看法。要知道歌女这项新兴艺术家，是由南京禁娼而起的。根本，她们就为了吃饭而出此。当时贤明的南京当局，就因为这个社会问题，容许她们存在。现在到了后方，不能因为抗战而不吃饭，也就不能因为抗战而不卖唱。假使歌女是要不得的，当年南京何以有之？假使大家因抗战而不听歌，清唱社何以会由一变五？再说，社会问题始终还是个社会问题。今日，在重庆者，不乏南京来的明达之士。若是反对她们卖唱，她们问起来，既有今日，何必当初，又将何辞以对？

这样，与其说是社会问题，毋宁说是政治问题吧？并不开玩笑，你研究歌女事业之发达，你不去研究她的背景，那一辈子是隔靴搔痒的。一般文人，喜欢把她们比着唱《玉树后庭花》的隔江商女，似乎也就认为是政治问题了。写到这里，不觉想起了一副对子。若是把"隔江商女"当作上联，那么，字面不十分工整，平仄倒也合调，下联应该对个"亡国大夫"，明眼人以为如何？

（重庆《新民报》1938年11月22日）

有愧于江北的妇女

在南京住家稍久的人，他必定有这样一个感觉：到了阴历三月以后，雇用女佣工，要发生恐慌。原因是大批到南京来卖力气的江北妇女，都要回家去帮助农忙。她们都是来自田间的。当丈夫在田里栽禾割麦的时候，她不能不回去洗衣煮饭，免得丈夫饿着肚子，妨碍了工作。

本来，在江北的那些田家妇，根本就不应该离开家庭去佣工。或者为了经济的压迫，抽空出外一趟，她家里需要妇女做的事，不妨一部分加在男子身上，一部分加在不走的妇女身上。到了农忙，迟一天不把工作做完，不是麦在田里过了雨发芽，就是秧老了不利于栽种。每个人都恨不得多伸出两只手来，向田里抢工作。自然，这个时候希望把家里事完全交给女人了。江北妇女能在这个时候回到厨房里去努力，这却是贤明的举动。

有些大户人家，大批男子在外面挣扎求生存，家里却一塌糊涂，真有愧江北妇女了。

（重庆《新民报》1939年10月2日）

由"文素臣"想起

在上海报上，常常看到碗口大字宣传文素臣的广告，知道《野叟曝言》这部小说大走其运。电影、戏剧、文字，到了无题可谈，都拿文素臣来救命。

据传说，这部《野叟曝言》是清代无锡夏敬渠先生的大笔。书中主人文素臣，名文白，就是"夏"字拆开的。当乾隆游江南的时候，他要把这部书敬献。他女儿一看书中有几大段诲淫的文字，胜过《金瓶梅》，悄悄把手写本藏起，照样装订了一套白字本放在原处。等到夏敬渠要献书了，打开一看，竟是一字俱无。他以为天丧诗文，大哭而罢。

夏敬渠做梦不曾想到，他那部又迷信又反科学的怪书，二百年后，竟在物质文明的上海，大红特红。当年他交了白卷，于今却免得上海许多混世虫交白卷，这因果从何说起？我打算把我写了要撕掉的文字，开始收藏起来了。至少，我儿子继承我这根讨饭棍的时候有用。

（重庆《新民报》1939年10月10日）

卖菱妇
——两年前事之二

　　前岁秋，寇机空袭南京甚烈，顾南京地方空旷，建筑坚固，防空周密，轰炸之损害极微，人亦未有以空袭而妨碍其事业之进行者。时余家住上新河，颇类渔村。柴扉深院，门前垂五柳，竹篱茅舍间，铺径石板，半没浅草，愈见幽静，苟非闻警报，不知国中有战争矣。

　　市民既下乡，负贩追踪而至。风轻日午，敲梆声，吹短笛声，及各种吆喝卖物声，断续入耳。警报一鸣，村人蛰伏，万籁俱寂。及电笛长鸣解除，启户探望，小贩又不知何处来，呼卖如故。予每于警报解除时，常首闻卖老菱声。一次出视，则为一老乡妇，挽篮徐行。问适间敌机来，不畏炸弹乎？答曰："余夫随军出征打鬼子去，家上有七旬姑，下有七岁儿，不出则一家饿死，更中鬼子计矣。"其言简而甚耐寻味，迄未能忘也。

（重庆《新民报》1939年10月17日）

当年此夜在南京

人生永远是向前的，用不着去回忆。但当前的环境，往往会把过去的事，重复地在脑筋里掀起，下面就是我脑筋里重复掀起的一页。

一钩新月，斜挂在马路的槐树上，推开窗向楼下看去，水泥路面，像下了一层薄薄的霜。路灯让月色盖住了，没有了每晚夜深那惨白色的光。只是像一颗亮星横在电线杆上，巡警严肃地立在槐树阴里，没有一点咳嗽的声息，一条由南到北长宽马路，也不见有一个人影。夜是分外的沉寂，但更向远看去，高低参差的房屋，在月光下一层层推了开去。在沉静中更显着南京的伟大。我想着南京的人，都觉悟了，当神圣的战事快来到头上的时候，开始严肃起来。突破我的幻想的，是一阵奇怪的汽车喇叭声，响着多勒梅的调子，把一辆乌亮的流线型汽车，带到了楼前的马路上。车窗里有灯光，虽是极忙地过去，还看到了一张粉脸，靠在一位穿西装的男子肩上，她是倦极要睡了。

　　回头看看窗户里，那正是一家报馆的编辑部。五六个编辑围了一张极大的长桌子坐着。天花板上垂下来的电灯，照着各人拿了笔和剪刀，正在低头工作。各人面前，陈设着红黑笔写的油印稿纸。一位编辑放下笔，取着面前的火柴与纸烟，抬起头来嘘了一口气，笑道："北平电话该来了。"我问："何以知道？"他说："刚过去的是某二爷的汽车，由于那响着多勒梅的汽车喇叭声，我知道。某某同学会今夜有跳舞，他去跳舞，非三点钟不回来。那么，已到三点，我们的北平电话该来了。"他把纸烟叼在嘴角，呼的一声划了一枝火柴来燃着，表示着他的论断不会错误。果然桌上话机的电铃响了。拿起耳机来问，电话里的接线生告诉着，北平电话来了。

　　一分钟后，我左手捏着听筒，口对了传话的小喇叭管。人坐在桌边，右手拿了笔，按在面前的一张白纸上。我在电话里，与远在两千里地的一位北平朋友谈话。我说："预备好了。"朋友说："北平今天上午闷燥，很热，下午大雨。时局情形是如此。上午西便门外，大炮常响，真象不明。到下午三点钟，枪炮声猛烈发作，日兵有两千人向宛平县城猛攻。我方谈判代表，很抱悲观，时局更见严重。到天津火车，上午一度不通，下午又开出一次。明日情形难说。城内各处兵哨岗位，上午重新布起，人数加多。"那位朋友，为了节省电话时间，一口气说了很多。最后他问一句："南京怎么样？"我把什么话来答复他呢？我总不能说，某某同学会今晚有跳舞，夜深才散。我胡乱答应了他两个字："很好！"他又说了："哦！枪炮又响起来了，很猛烈。这响处地方扩大，由西南角到西北角……"到了这里戛然而止，我"喂"了几声，另有个人答复我："北平电话发生故障。"我知道这声音是接线生，只好把话筒放下了。

当我接话的时候，编辑部里人的眼睛，都射在我身上。我听话的时候，面部情形紧张，他们面部的情形，也随着紧张。我放下听筒之后，大家不约而同地问了一声："今天怎么样？"我觉得就是中国人心未死，谁都时刻注意华北时局的发展。我把电话中的报告，转告诉他们之后，大家都紧紧地皱起了眉头子，但我没告诉他们北平朋友曾问了一句"南京怎样"。他们都是青年，我又何必让他们在工作时间愤慨起来呢？

三十分钟之后，我把听电话时的速记，清理着写了一篇新闻稿。将稿交给排字房，我的紧张情绪过去，便打了两个呵欠。料理了几件琐事，和两个工作完的同事，下楼出了报馆。月光更当了顶，照着马路像水洗了，夜半虽然无风，那空气吹在人身上，也是凉习习的。但路上不是已往那般沉静，三三五五的老百姓，男子挑着担子，背着包袱，女人提了篮子，或抱了小孩，在马路树阴下连串地走。他们好像有些羞涩，又像有些恐惧，一言不发，在远道的树阴下消失了。但沙沙的脚步，擦着马路响，另是一批老百姓又来了。他们是南京或附郊的男女佣工，回江北老家去，连夜出挹江门，去赶火车或小轮船。我不了解他们是什么心理，但他们每走几步，就对四周张望着，料想他们对南京有一种留恋。

夜深了，没有车子，踏着月光，顺了马路向北走。很久，迎面来了两部卡车，车前没有折光灯，车上有什么也看不见，上面盖着一层布。两部车子的司机，似乎是穿着军服。它让着行人，很快地过去。只有这一点。带一些战时的气氛，然而也只有这一点，走进更宽的马路，这里有一家关上铺板的商店，露出灯光，劈劈拍拍，兀自送出拨弄麻雀牌的声音来。我心里想着，我已是恨不得一步就踏到了家，可是眼前就有嫌着疲劳不够的人，还在彻夜地找娱乐，我寻思着，走近了一个广场，那正是南京最有名的新街口。两位同行的朋友，走到此处，向东走去。我一个人绕了广场中间的花圃，继续北行。这里究竟有点两样，广场东北角的南京大厦，建筑好了最下一层的地基，木栅围的工厂里，亮着两盏汽油灯，打地基的机器在凹地里转着，轰隆有声。对面某银行大楼，在路边电线杆上立的两盏反光电灯，大放光明，我不能估计是几千烛光，虽在月光下，照在银行的水泥墙上，那反光射人眼帘，几乎不能忍受。但能赏鉴这个灯光的，偌大新街口，只有我一个人，我相信这是一种浪费。我又想到了北平的电话，朋友问我南京怎么样，我答复他这事实，夜深了，新街口还亮着几千烛的电灯，照着那水泥墙，朋友们在北平炮火声中，必定认为是个奇迹。也许疑心我是在撒谎。

中山北路，是那么伟大，由南向北看去，一条宽大的透视线，直连目光所不能到处，缩成了一点。路灯悬在半空，越远是隔离越小，仿佛像一串亮星。不久，两道折光灯射了过来，渐渐跑近，变成一辆流线型汽车，在面前电闪过去。车里没有亮灯，我不知道是否某二爷之流。但继续又来了一辆车子，在我面前停住，车子上下来一个穿西服的，扶着一个女人，我不能看见女人是什么样子，路灯与月亮，照出她烫着发，穿着摩登的白色短大衣。那西服男子对车上挥着手说了一声，明日下午后湖会。于是汽车去了，他也扶了那女子进了路边的小巷。我看着呆了，我想着，也许北平的战事，要变成全面对日战争。我们凭着什么和人战争，就凭某二爷之流，深夜始归的男女？就凭深夜打麻雀的那种商人？就凭着南京大厦？就凭着某银行的反光灯？我在电话里告诉北平朋友说，南京很好！我欺了那朋友。

"起来，不愿做奴隶的人们！……"一阵风涌似的歌声，由珠江路响了起来。我迎上前两步，却见一队身穿青灰色制服的壮丁大队，横穿过中山北路。他们都是店员、小工、人家的雇工。但这时武装起来，整齐的步伐，激昂的歌喉，看起来和军队并无两样，还在深夜呢，他们已去下早操。我想起了某市长的话，这样的壮丁，南京市已有××万。是啊！中国有无穷的人力，只是南京一隅，便是如此。和日本全面抗战，凭什么？现在有了答复。假如明天的北平电话还通，我把这事告诉我的朋友。

偷闲的偷闲，出力的出力，抗战也非完全绝望。大时代来了，偷闲的总会慢慢淘汰的。我心里这般想着，让壮丁队过去了，继续地踏着马路过人行路。月亮渐渐淡淡了，长空只剩了三五粒浅星，天幕变成了鱼肚色。路转角的豆腐店门户洞开，灯火通明。锅灶上热气腾腾的，送出来一阵豆浆香。两三个挑着菜担子赶早市的小贩，由我身边抢了过去。深巷里"喔喔喔"，送出几声鸡叫，一切象征着天要黎明。"起来，不愿做奴隶的人们……起来！起来！"壮丁队的歌声，还隔着长空送了过来。

又到了七七纪念，抗战踏入第五年头了，我军由洪炉里陶熔出来的人，是喜？是怒？是哀？是愁？老实说，这种情绪，我们也是无以形容。淡月如钩，银河清浅，山窗小坐，不期午夜。回忆当年，颇有所感，即燃烛草成此文。文中无多渲染，亦不甚经营，存其真也。笔者附记。

（《抗战文艺》1941年11月第7卷第4、5期合刊）

几人识得金圣叹

三百年来，稍治文学者，无不知有金圣叹。然解得金圣叹者，百世无一人也。八股时代，奴隶文人以背经逆道之怪物视圣叹，此固其然。而由科举废除以至文字解放如今日，人亦不过以圣叹为一文章批评家而已。

吾人试想圣叹批注而授后人之书者凡六，曰《左传》、《离骚》、《庄子》、《史记》、《水浒》、《西厢》，得无故乎？左氏盲目，发愤以传孔子之春秋，司马迁受腐刑，别创编年之史而为传记，皆受制于身体，而成千秋万世之业以突破其环境者。《离骚》哀咏出于忠臣，《庄子》厌世之文也，出于下士。其有所寄托，更奚待言？《水浒》，愤书也，虽有所寄托，而犹不肯后人尽学宋江，其居心忠厚，尤为不可没。至当年为金圣叹病者，则在其批《西厢》，以为有伤风化。然在今日，不成问题。其实不仅不成问题。圣叹固有湛深之革命思想，能坦然于三百年前以拥护反封建之文章。而其所以如此，正有激使然，醇酒妇人于不得已也。故总而言之，圣叹实为清朝剃发不仕之伤心人，而亡明之孤臣孽子。

金原姓张，改姓金。原名乘，改名圣叹。生为文人，而苦研佛学，亦非无故。金字隐清朝，而诣为圣人所叹，不能披剃入山，则蓄辫做半个和尚矣。此等著作或为满奴所悉，故因哭庙一案，以莫须有之罪杀之。圣叹岂仅一批评家而已哉？悲乎！

（重庆《新民报》1942年3月25日）

晚香玉花下

家人在花瓶子里，为我插了一束晚香玉。便让我悠然遐思，想到了北平。当这伏天，东安市场的水果摊上，陈列着翡翠色的西瓜、美人脸色的苹果、嫩黄色的烟台梨、红绿半匀的肥城桃子，整齐堆叠，大小相间。横竹竿上，挂着成串的紫色葡萄，带了挂着的绿叶，颜色是配得极其调和。摊边一只瓷缸，清水浸着荷叶白藕和红的白的晚香玉、玉簪花。水果清芬之中，杂了一种香气。虽在舄履交错的人行道上，你依然感到这里大有诗情画意。

晚香玉上海也有，他们可就叫夜来香。这一个花名之间，可象征着双方之雅俗兴趣。半神女的大姐拿出去卖，也不像放在清水缸里之隽永，而带有都市色情姿态。正如招牌在成都那样讲求，而重庆满眼是"好吃来"与"三六九"。一个城市的文化深浅，正不必远求，在眼前就可随便诊断出来。重庆在五年来浇灌些文化血液，渗在整缸的臭水里面，能发生什么效果？

　　重庆也曾有过花果铺，但立体大洋房，配上颜色电灯，彩绸窗帷，依然是上海家数，难得更俗。店主人是在以热烈的情调刺激顾客，有晚香玉陈列在那里，也比在花贩子手上的价值要贵三四倍。又是可象征到这里夺取手腕的显明而不含蓄。于是我们想到一个都市的心理建设不易，怎不苦念北平？

　　　　　　　　　　　　　　（重庆《新民报》1942年7月16日）

常州词派

　　词到清朝中叶，格调日下，武进张惠言倡"意内言外"之说，很严格地选了一部《词选》，作为模范。他曾选取当时人物的著作入选，都是常州人，于是时称常州词派。在我们后人看来，倒不是他有个同乡观念，正因为那时常州人填词，声气相通，作品容易入选。然而他们生在乾嘉之间，正是太平年月，他们的意内言外，也不过表示个人的品格，却不能有远大的怀抱、兴亡的情绪寄托其中。于是，也就无所谓敢言不敢言的问题了。

　　虽然，他们的宗旨，实在是可取法的。根据他们的做法，那种剪绿裁红，浪子唱的小调，自然是没有。而歌功颂德，门客的媚态，也没有。至少，让人明白了，词虽小道，应当为什么而下笔。现在很少人填词，不久，也许会亡。我们自毋须顾虑到词风不竞。不过现在做诗文的，还大有人在。我们希望年轻文人，不要做浪子，更望中年文人，不要做门客。张惠言那种选《词选》的精神，还是值得提倡的。因为今天朝野可言者多矣。

（重庆《新民报》1942年7月17日）

农历六月十六日书怀

同治三年六月十六日，曾国荃用地道埋火药，炸破了南京城，夺取了太平天国的巢穴。事后曾国藩在龙脖子立碑志功。碑文之后，铭了十六个字说："穷天下力，复此金汤，苦哉将士，来者勿忘。"所谓来者，当然我们在内，因为我们在南京住过。但在南京住着的时候，我们过任何一个六月十六，不会想到这件事。纵然此日百分之八十在后湖，龙脖子俨然在望，我们也丝毫不动心。这原因虽出于曾国荃部下那些苦哉将士，我们认为他是民族罪人，毫不足念。其二，南京北城的纸醉金迷，南城的灯红酒绿，也让我们陶醉得忘了一切，谁去念九十年前的旧事？只有今日在重庆，有点不然，关于南京任何一事，皆是引起我们的憧憬。猛抬头看到日历上印着农历六月十六日一行字，便不觉感慨万端。

"穷天下力，复此金汤"。曾氏为清朝张目，还能说得嘴响，我们中华民族的男儿，却只抱怨盟友接济得不够劲，也应该反躬自问一下罢？

（重庆《新民报》1942年8月1日）

送卖糖人诗

从前扬州出盐商，同时，也出"美女"。有人送扬籍倡女一绝诗说："淡红衫子淡罗裙，淡扫蛾眉淡点唇。只为一身都是淡，将来嫁与卖盐人。"

扬州美女虽不个个嫁给盐商，可是这个愿心，大概是有的。这诗算是抓住了他的中心思想。

近来吃糖总觉事近专门，有点吃不消。朋友的朋友，是吃甜饭的。朋友吃糖有感，仿上诗送了他一首诗说："苦衣苦食苦精神，苦苦钻营十载贫，怪得近来君不苦，翻身做了卖糖人。"

不才看了，也凑他一首说："卖糖人管卖糖人，甜上寻甜不见痕，多少人甜多少苦？未能清算是专门。"

（重庆《新民报》1942年8月22日）

消遣法

金圣叹在"圣叹外书"里，发表过他的人生观。他以为人生无非是消遣时间，大意这样：一个人觉得做官好，教人生聚教训，去卧薪尝胆可也。忽然改变过来，扁舟游湖，亦可也。又觉得当隐士好，躬耕南阳可也。忽然改变过来，六出祁山，死而后已，亦可也。还有好酒的，一种自乐！说个死，便埋我可也。再有好佛的，敝屣天下，饿死台城可也。这种看法，对与不对，那是另一问题，反正不失为一种看法。

根据上说，有一件事，我们可以恍然大悟。就是人生会花钱，拥资千百万，也就够了。然而，一般富翁，有了千万想万万，有了万万想百万万。无论有了多少钱，他总得昼夜打算盘，去搜刮盘剥，以便将家产数字增加。其初我们穷小子，不解富人心理，以为他是过于地为衣食发愁。若照金先生说法，他不过是人生消遣法而已，这就不足怪了。

　　有人说：不足怪是不足怪。可是，他在那里看家产数字消遣，吾等穷小子就糟了。我说：那又何妨？我们不会专门以咒死这类人，消遣吗？这至少精神上是胜利的。

　　　　　　　　　　　　　　（重庆《新民报》1943年2月1日）

每为垂杨念白门

《毛诗》："昔我往矣，杨柳依依。今我来思，雨雪霏霏。"桓温变其格而为"依依汉南，凄怜江潭"之句，且更伸其义曰："树犹如此，人何以堪？"辞故明甚，而不如原诗之耐人寻味矣。《随园诗话》载人咏柳诗："不须看到婆娑日，已觉伤心似汉南。"称的是词人语。其人殆风尘潦倒之士，而有记其感慨，然究亦不脱毛诗窠臼也。

自入蜀后，每于水滨见杨柳，辄念及金陵，柳之与名胜发生联系者，殆比比是，而吾人独因之而独情于南都，此或自有其偏见，遂为之诗曰："每为垂杨念白门，攀条自古怜桓温。何当零落桃花下，独步青青水上村。"

若以为此诗学王渔阳，予则期期不敢谓也。

文卷上看士气

袁随园殿试诗题为"因风想玉珂"。袁诗有两句："声疑来禁院，人似隔天河。"主考的人嫌他不庄重。尹继善力争，说他肯在想字上传神。俞曲园殿试诗题是"淡烟疏雨落花天"。俞起句说："花落春仍在。"曾国藩大为赞赏，说此人不可限量。虽然科举时代，文人的文字受知与否，是生平沉浮荣禄所关，容易令人记起。但有一点而言，就是那时文章取士，确乎不是仅凭着你文学程度如何，主考的人，都要字间行间，去测验考生的学识与人格。曾国藩可不需说，人人知道；尹继善也是清朝二百馀年的第一能吏。他们不埋没了这两个著作等身的才子，那不是拿着卷子打分数的人所能比的。

有人说，现时文学在考试场上，已成一个平均分数的单位，而且有些考试，根本不凭文字为取舍，这话从何谈起？我说不然，除了口试而外，能测验考生才智品格的，还只有文字，所以我相信，善阅文卷的人，他必能于字里行间看出一点当今的士气。

（重庆《新民报》1943年8月9日）

怀南朝金粉

当年在南京，是禁止跳舞的，但有些地方，借着国际关系的烟幕，却照常纸醉金迷，每夜闹到天亮。我办了一张小型的《南京人报》，曾暴露过人家不关怀的这段新闻，这不足为奇。最有趣的是龚德柏先生办的《救国日报》次日将全文转载，而且载明了，转载《南京人报》。龚先生在新闻界有"大炮"之称，向不肯后人。而此一类的行为却像《水浒》中的李逵，粗鲁得十分妩媚。

南京这个地方，也许生成了是温柔乡。记得远在革命军未到南京以前，某公（也是新闻记者出身）曾在诗里这样说过："终是六朝金粉地，南城歌舞北城兵。"这个龙盘虎踞之地，何以不能严肃起来，真令人有些奇怪。

民国二十五年，我由北平迁家到南京，并非"爱住金陵为六朝"，实在有其不得已在。但到了南京之后，常为了应酬，自动或被动地跑夫子庙，我从炮口上来的人，颇另有一种敏锐的感觉。有一个歌女要我写东西送她，我就抄了一首桃花扇的题词。

吴陈琰作的那诗说：

"飘零金粉两萧萧，旧院依稀长板桥。莫怪秦淮水呜咽，六朝流尽又南朝。"

因为还有人主张建都南京的，不觉旧事兜上心来，感而书此。

（重庆《新民报》1943年11月30日）

上海人的生意经

上海人最会做生意，无论减价打折扣，甚至广告人说着血本牺牲，依然还是赚钱。老住上海的人，非有铁一般的证据，他是不为大减价这种宣传所动摇的。

有一次，我和一个朋友在南京路买布，我看见一家扎彩牌坊的商店，大挂宣传旗，上写照码八折，加二放尺，我就要进去。老上海扯着我道："去不得。那是骗洋盘的，我们还是光顾不减价、不放尺的店里去吧，至少你不会吃亏。"我虽信了朋友，买了不减价、不放尺的布，但我总要学点儿见识，究竟他们是怎样骗洋盘？第二日，我终于走进了彩坊商店，买了昨日所买同样的两种布，事实上，价是减了，尺也放了，我想不到他们是怎样骗洋盘。可是回家去，将两家商店的布一比，减价的布，质量既粗，颜色也不正常。再一量，每尺的布，比不放尺的布，要短半寸。不知道是他们尺小，还是量布时另有手法。而我是百分之百地做了洋盘。从此以后，我对于商店放宽尺度的宣传绝对不感到兴趣。

（重庆《新民报》1944年6月2日）

白门之杨柳

——两都赋

在中国词章家熟用的名词里有"白门柳"这个名称。杨柳这样东西，在中国虽是大片土地里有它存在的，可是对于这样东西，却特地联系着成一个专用名词，那实在有点儿缘故。据我个人在南京得来的经验，是南京的山水风月，杨柳陪衬了它不少的姿态。同时，历代的建筑，离不开杨柳，历代的文献，也离不开杨柳。杨柳和南京，越久越亲密。甚至一代兴亡，都可以在杨柳上去体会。所以《桃花扇》上第一折《听稗》劈头就说："无人处，又添几树杨柳。"

南京的杨柳，既大且多，而姿势又各穷其态，在南京曾经住过一个时期的主儿，必能相信我不是夸张。在南京城里，或者还看不到杨柳的众生相，你如果走过南京的四郊，就会觉得扬子江边的杨柳，大群配着江水芦洲，有一种浩荡的雄风，秦淮水上的杨柳两行，配着长堤板桥，有一种绵渺的幽思。而水郭渔村，不成行伍的杨柳，或聚或散，或多或少，远看像一堆翠峰，近看像无数绿幛，鸡鸣犬吠，炊烟夕照，都在这里起落。随时随地是诗意。山地是不适于杨柳的，而南京的山多数是丘陵，又总是带着池沼溪涧，在这里平桥流水之间，长上几株大小杨柳，风景非常的柔媚。这样，就是江南山水了。不但此也，古庙也好，破屋也好，冷巷也好，有那么两三株高大的杨柳，情调就不平凡，这情形也就只有南京极普遍。

杨柳自是点缀春天的植物，其实秋天里在西风下飘零着黄叶，冬天里在冰雪中摇撼枯条，也自有它的情思。而在南京对于杨柳赞美，毋宁说是夏天。屋子门口，有两株高大的杨柳，绿荫就遮了整个院落。它特别的不挡风，风由拖着长绿条子的活缝儿里过来，吹拂到人身上，有一种说不出来的舒适。晚上一轮白月，涌上了绿树梢头，照着杨柳堆上的绿浪，在风里摇动，好像无数的绿毛怪兽在跳舞。这还是就家中仅有的杨柳说。如走上一条古老的旧街，鹅卵石的路面，两旁矮矮的土墙店铺，远远地在街头拥上一株古柳，高入云霄，这街头上行人车马稀少，一片蝉声下，撒着一片淡淡的绿荫，这就感到一番古城的幽思。

在南京度过夏天的人，都游过玄武湖，一出了玄武门，就会感到走入了一个清凉世界。而这份清凉，不是面前的湖水和远峙的山峰给予的。正是你一出城门，就踏上一道古柳长堤，柳树顶尽管撑上天，它下垂的柳枝，却是拖靠了地，拂在水面，拂在行人身上。永远透不进日光的绿浪，四处吹来着水面清风，这里面就不知有夏。我曾在南京西郊上新河，经过半个夏天，我就有一个何必庐山之感。这里唯一给予人清凉的思物，就是杨柳。出汉西门，在一块平原上四周展望，人围在绿城里，这绿城是什么？就是江边的柳林，镇外的柳林。尤其在月下，这四处的柳林，很像无数小山。我住家所在，门前一道子江，水波不兴，江边一排大柳林，大柳林下，青苔铺路，就是我家的竹篱柴门，门里一个院落，又是两株大柳树。屋后一口塘，半亩菜，又是三棵大柳树。左右邻居，不用说，杨柳和池塘。这一幢三进平房整天都在绿荫里，决没有热到百度（华氏）的气候。我于这半个夏季里，乃知白门杨柳之多，而又多得多么可爱。

（重庆《新民报》1944年8月8日）

日暮过秦淮

——两都赋

在秋初我就说秋初，这个时候的南京，马路上的法国梧桐和洋槐，正撑着一柄绿油油的高伞。你如是住在城北住宅区，推开窗户，望见疏落的竹林，在广阔的草地里，抹上一片残阳，六点钟将到，半空已没有火焰。走出大门，左右邻居，已开始在马路树荫下溜着水泥路面活动，住宅中间，还不免夹着小花园和菜圃，瓜架上垂着一个个大的黄瓜，秋虫在那里弹着夜之前奏，欢迎着行人。穿上一件薄薄的绸衫，拿了一柄折扇，顺路踏上中山北路，漆着鱼白色的流线型公共汽车，在树荫下光滑的路上停着。你不用排班，更不用争先恐后，可以摇着你手上那柄折扇，缓缓地上车，车中很少没有座位。座椅铺着橡皮椅垫，下面长弹簧，舒适而干净，不逊于你家的沙发。花上一角大洋，你是到扬子江边去兜风呢，还是到秦淮河畔去听曲呢？你爱上哪儿就上哪儿。

我不讳言，十次出门有九次是奔城南，也不光为了报社在那儿，新街口有冷气设备的电影院，花牌楼堆着鲜红滴翠的水果公司，那都够吸引人。尤其是秦淮河畔的夫子庙，我的朋友，几乎是"每日更忙须一到，夜深长是点灯来"，总会有机会让你在这里会面。碰头的地点，大概常是馆子里的河厅。有时是新闻圈外的人做主，有时我们也自行聚餐，你别以为这是浪费。在老万全喝啤酒吃的地道南京菜，七八个人不过每人两元的份子。酒醉饭饱，躺在河厅栏杆边的藤椅上，喝着茶，嗑着瓜子，迎水风之徐徐，望银河之耿耿，桃叶渡不一定就是古时的桃叶渡，也就够轻松一下子的了。

我们别假惺惺装道学，十个上夫子庙的人，至少有七八个与歌女为友，不过很少人自写供状罢了。南京的歌女，是挂上一块艺人的牌子的，他们当然懂得什么是宣传。所以新闻记者的约会，她们是"惠然肯来"。电炬通明，电扇摇摇之下，她们穿着落红纱衫子，带着一阵浓厚的花香，笑着粉红的脸子，三三两两，加入我们的酒座。我们多半极熟，随便谈着话，还是"履舄交错"。尽管良心在说，难道真打算作个"《桃花扇》里人"？但是我没有逃席。

九点多钟了，大家出了酒馆，红蓝的霓虹灯光下走上夫子庙前这条街，听着两边的高楼上，弦索鼓板，喧闹着歌女的清唱，看到夜咖啡座的门前，一对对的男女出入，脸上涌出没有灵魂的笑，陶醉在温柔乡里，我们敏感的新闻记者，自也有些不怎么舒适似的。然而我们也不免有时走进大鼓书场，听几段大鼓，或在附近露天花园，打上一盘弹子，一混就是十二点钟，原样儿的公共汽车，已在站上等候，点着雪亮的车灯，又把你送回城北。那时凉风习习，清露满空，绸衫子已挡不住凉，人像在洗冷水澡。住宅区四周的秋虫，在灯光不及处一齐喧鸣，欢迎你在树的荫影下敲着家门。这样的生活，自然没有炎热，也有点儿走进了《板桥杂记》。于今回想起来，不能不说一声罪过。自然别人的生活，比这过得更舒适的，而又不忏悔，我们也无法勉强他。

（重庆《新民报》1944年8月15日）

奇趣乃时有

——两都赋

"莲花灯，莲花灯，今儿个点了明儿个扔。"在阴历七月十五的这一天，在北平大小胡同里，随处可以听到儿童们这样唱着。这里，我们就可以谈谈莲花灯。

莲花灯，并不是一盏莲花式样的灯，但也脱离不了莲花。它是将彩纸剪成莲花瓣，再用这莲花瓣，糊成各种灯，大概是兔子、鱼、仙鹤、螃蟹之类。这个风俗，不知所由来，我相信这是最初和尚开盂兰会闹的花样，后来流传到了民间。在七月初，庙会和市场里就有这种纸灯挂出来卖，小孩买了放着。到了七月十五，天一黑，就点上蜡烛亮着。撑起来向胡同里跑，小朋友们不期而会，总是一大群唱着。人类总是不平等的，这成群的小朋友里，买不起莲花灯的，还有的是，他们有个聊以解嘲的办法，找一片鲜荷叶，上面胡乱插上两根佛香，也追随在玩灯的小朋友之后。这一晚，足可以起哄两三小时。但到七月十六，小孩子就不再玩了。家长并没有叮嘱过他们，他们的灯友，也没有什么君子协定，可是到了次日，都要扔掉。北平社会的趣味，就在这里，什么日子，有个什么应景的玩意儿，过时不候。若莲花灯能玩个十天半个月，那就平凡了。

为了北平人的"老三点儿"，吃一点儿，喝一点儿，乐一点儿，就无往不造成趣味，趣味里面就带有一种艺术性，北平之使人留恋就在这里。于是我回忆到南都，虽说是卖菜佣都带有六朝烟水气，其实现在已寻不着了。纵然有一点儿，海上来的欧化气味，也把这风韵吞噬了，而况这六朝烟水气还完全是病态的。就说七月十五烧包袱祭祖，这已不甚有趣味，而城北新住宅区，就很少见。秦淮河里放河灯，未建都以前，照例有一次，而以后也已废除，倒是东西门的老南京，依然还借了祭祖这个机会，晚餐可以饱啖一顿。二十五年的中元节，有人约我向南城去吃祭祖饭，走到夫子庙，兴尽了，我没去。这晚月亮很好，被两三个朋友拖住，驾一叶之扁舟，溯河东上（秦淮西流），直把闹市走尽，在一老河柳的荫下，把船停着。雪白的月亮，照着南岸十竹疏林，间杂些瓜棚菜圃，离开了歌舞场，离开了酒肆茶楼，离开了电化世界，倒觉耳目一新。从前是"……秦淮碧"，于今是"秦淮黑"，但到这里水纵然不碧，却也不黑，更不会臭。水波不兴的上流头，漂来很零落的几盏红绿荷叶灯，似乎前面有人家做佛事将完。但眼看四处无人，虫声唧唧，芦丛柳荫之间，仿佛有点儿鬼趣，引出我心里一种说不出的滋味。

　　第二年的中元节。我避居上新河，乡下人烧纸，大家全怕来了警报，不免各捏一把汗。又想起前一年孤舟之游秦淮，是人间天上了。于今呢，却又让我回忆着上新河！

（重庆《新民报》1944年9月5日）

翁仲揖驴前

——两都赋

在重庆住了七年，大抵夏末秋初，不是亢旱一个时期，就是阴雨一个时期，或者像打摆子一样，两期都有。亢旱暑热得奇怪，阴雨是箱子由里向外长霉，不下于江南的黄梅时节。这让我们回想到江南的秋高气爽，提笔有点悠然神往。

一叶知秋，梧桐是最先怕西风的树。当南京马路两旁的梧桐，叶子变成苍绿色的时候，西风摇撼着的树，瑟瑟有声。大日光下，一片小扇面儿似的梧桐叶，飘然会落在你坐的人力车上。抬头看看，那正是初期作家最爱形容的月景，"蔚蓝的天空"，天脚下，闲闲地点缀几片白云。太阳晒在头上，不热，风吹在身上又不凉，这就很能引起人的郊游之思。

在中山东路，花两角大洋，可以搭上橡皮座垫的游览车。车子出中山门，先顺京沪国道，在水泥路面，滑上孝陵街，然后兜半个圈子,经伟大的体育场,在小山岗上,在小谷里,到达谭基口,中山陵的东端。下了公共汽车,先有一阵草里的秋虫声,欢迎着游客。虽然是郊外,路面修理得那样光滑而整洁,好像有灰布盖着的,在重庆城里决挑选不出来这样的一段路。顺路走向中山陵下,在树荫下豁然开朗,白石面的广场,树立着白色的牌坊。向北看十馀丈宽的场面,无数的玉石台阶,层层而起,雄丽整洁,直伸入半云。最上层蓝色琉璃瓦的寝殿屋角一方翘起,寝殿后的紫金山,穿着毛茸茸的苍绿秋袍,巍峨天际,三方拥抱了这寝殿,永护着中山先生在天之灵。在南方的小山岗,一层一层地铺排着。若是走在这台阶半中间向下俯瞰,便觉着有万象朝宗之况。描写中山陵的文章太多了,这里座谈无须多说。谒陵以后,你若是嫌山苍深处的谭基园林,反而游人太多,可以去那游人较少的简李陵。碰巧在公路之外,遇到几个赶牲口的,骑上小毛驴,踏着深草荒径,望了绿森森树林外一堵红墙走去。你在天高日晶之下,北仰高峰,南望平陵,鞭外的松涛,蹄下的草色,自然有一种苍苍莽莽的幽思。这里也无须去形容李陵风景。李陵外,野茶馆里,面对了山野,喝上了一壶茶,吃几个茶盐蛋,消磨了半天。在一抹斜阳之外,骑驴回去,走上荒草疏林,路边一对儿一对儿的大翁仲,拱着大袖子,抱了石笏,对你拱立。他不会说话,但在他的面容上,石痕斑驳,已告诉你五百年前,他已饱经沧桑了。假如你是个诗人，是个画家，是个文人，这一次你就不会白跑。

（重庆《新民报》1944年9月12日）

秋意侵城北

——两都赋

中秋快来了，在北平老早儿给我们一个报信儿的，是泥塑兔儿爷，而在南京呢，却是大香斗。虽然大香斗摆列在香烛店柜台上，不如兔儿爷摆在每条胡同儿的零食摊上那样有趣。但在我们看到大香斗之后，似乎就有一种"烟士披里纯"，钻进文字匠人的脑子。中国的节令，没有再比中秋更富于诗意的。它给人们以欢乐，它给人以幽思，它给人以感慨，甚至它给人以悲哀，所以看到大香斗之后，因着各人的环境之不同，也就会各有各的感想。

天气是凉了，长江大轮的大餐间，把在庐山避暑的先生、太太、小姐们，一批一批地载回南京。首先是电影院表示欢迎之忱，在报上登着放映广告。其次是水果公司，将北方的山梨、良乡栗、天津葡萄，南方的新会柚子、台湾香蕉、怀远石榴，五颜六色，陈列在铺面平架上，自然，这些玩意儿，上海更多更好，可是在上海里表现着,在空气里缺少那么一点儿悠闲滋味。譬如,太平路花牌楼是最热闹地区了,但你经过那里,你也不会感到动乱,街两旁的法国梧桐和刺槐,零落地飘着秋叶,人行路上,有树荫而树荫不浓,我们披一件旧绸衫,穿一双软底鞋,顺着水泥路面遛达。在清亮而柔和的阳光下,街上虽有几个汽车跑来跑去,没有灰土,也没有多大声音,在街这边瞧见街那边的朋友,招招手就可以同行在一处,只有北平的王府井大街、成都的春熙路可相仿佛。上海的霞飞路也会给人一点儿秋意的,然而洋气太重。

我必须歌颂南京城北,它空旷而萧疏,生定了是合于秋意的。过了鼓楼中山北路,带着两行半黄半绿的树影划破了广大的平畴,两旁有三三五五的整齐房屋,有三三五五的竹林,有三三五五的野塘,也有不成片段的菜圃和草地。东面一列城墙,围抱了旧台城鸡鸣寺,簇拥着一丛树林,和一角鼓楼小影,偶然会有一声奇钟的响声,当空传来。钟山的高峰,远远在天脚下,俯瞰着这一片城池。在城里看到不多的山,这是江南少有的景致(重庆的山近了,又太多了,不知怎么着,没有诗意)。城墙是大美观玩意儿,而台城这一段墙,却在外看(后湖)也好,在里看也好,难道我有一点儿偏见吗?

三牌楼一带,当然是一般人最熟识的地方,而那附近就保存不少老南京意味。湖北路北段,一条小马路,在竹林里面穿过来,绕一个弯儿到丁家桥，俨然在郊外到了一个市镇。记不得是哪个方向，那里有家茶馆，门口三株大柳树，高入云霄，门临着一片敞地，半片竹林。我和她散步有点儿倦，就常在这里歇腿，泡一壶清茶（安徽毛尖），清坐一会儿，然后在附近切两角钱盐水鸭子，包五分钱椒盐花生米，向门口烧饼桶上买两三个朝排子烧饼，饱啖一顿才买一把桂花，在一段青草沿边的水泥马路上，顺了槐柳树影，踏着落叶回家。

（重庆《新民报》1944年9月26日）

顽萝幽古巷

——两都赋

　　我在南京时，住在城北。因为城北的疏旷、干燥、爽达，比较适于我的性情。虽然有些地方，过分地欧化（其实是上海化），为的是城市山林的环境，尚无大碍。我们有一部分朋友，却是爱城南住城南的。还记得有两次，慧剑兄在《朝报》副刊上，发表过门东、门西专刊，字里行间，憧憬着过去的旧街旧巷，大有诗意。因此，我也常为着这点儿诗意，特地去拜访城南朋友。还有两次，发了傻劲儿请地道南京文人张萍庐兄导引，我游城南冷街两整天。我觉得不是雨淋泥滑，在秋高气爽之下，那些冷巷的确也能给予我们一种文艺性的欣赏。

　　我必须声明，这欣赏绝不是六代豪华遗迹，也不是六朝烟水气。它是荒落、冷静、萧疏、古老、冲淡、纤小、悠闲。许许多多，与物质文明巨浪吞蚀了的大半个南京，处处对照，对照得让人感到十分有趣。我们越过秦淮河，把那些王谢燕子所迷恋的桃叶渡、乌衣巷，抛在顶后面（那里已是一团糟，词章里再不能用任何一个美丽的字样去形容了）。虽在青天白日之下，整条的巷子，会看不到十个以上的行人（这是绝对的），房子还保守了朱明的建筑制度，矮矮的砖墙，黑黑的瓦脊，一字门楼儿，半掩半开着，夹巷对峙。巷子里有些更矮更小的屋子，那或者是小油盐杂货店，或者是卖热水的老虎灶，那是这种地方唯一动乱着而有功利性斗争的所在。但恰巧巷口上就有一所关着大门的古庙，淡红色的墙头，伸出不多枝叶的老树干，冲淡了这功利气氛。

这里的巷子，老是那么窄小，一辆黄包车，就塞满了三分之二的宽度，可是它又很长，在巷这头儿不会看到巷那头儿。大都是鹅卵石铺了地面，中间一条青石板行人路，便利着穿布鞋的中国人。更往南一路，人家是更见疏落，处处有倒坍了屋基的敞地，那里乱长着一片青草。可是它繁华过的，也许是明朝士大夫宅第，也许是太平天国的王府。在这废基后面，兀立着一棵古槐，上面有三五只鸦雀噪叫着，更显得这里有点兴亡意味。

有一次我去白鹭洲，走错了方向，踏上了向西门一条古巷。两旁只有四五个紧闭了的一字门，乱砖砌的墙，夹了这巷子微弯着。两面墙头上密密层层的盖住了苍绿叶子的藤蔓，在巷头上相接触。

藤萝的杆子，其粗如臂，可知道它老而顽固。那藤蔓又不整齐，沿了墙长长短短向下垂着，阻碍着行人衣帽，大概是这里很少行人的缘故，到墙脚下的青苔，向上铺展，直绿到墙半腰。有些墙下，长着整丛的野草，却与行人路上石板缝里的青草相连。这样，这巷子更显得幽深了，这里虽没有一棵树，一枝花，及任何风景陪衬，但我在这里徘徊了二十分钟。

（重庆《新民报》1944年10月10日）

入雾嗟明主
——两都赋

在二十五年前，我每次到南京，朋友们就怂恿着去瞻仰明故宫，只是那时的行程，都是到上海或去北京，行旅匆匆，不过在下关勾留一二日，没有工夫，跑到这很远地方去。加之我听到人说，那里仅仅是一片废墟，什么也看不到，尽管我青年时代，是个平平仄仄迷惑了的中毒书生，穷和忙，哪许可我去替古人掉泪。

二十四年，我由北平迁家南京，住在唱经楼，到明故宫相当地近，加之那是中央医院所在地，自己害病，家里人生病，就时常去到明故宫的面前来。这真是一个名儿了，马蹄栏杆里，一片平地，直到远远的枣树角，有一城墙和树木挡住了视线。平地中央，还有一个倒坍了的宫门，像城门洞子，作了故宫的标志。水泥面的飞机场，机场是停着大号的邮航机，比翼双栖地和那一角宫门，做了一个划时代的对照。朱元璋登基，在南京大兴土木，建筑宫阙的时候，他决不会有这样一个梦。

明故宫的北端，是中山东路，往中山陵游览区，是必经之地，所以晴天、雨淋、月下、雪地，我都来过。印象最深的，应该是雨天，我那因抗战环境而夭折了的第三个男孩，小庆在中央医院治过伤寒病。我遏止不住我的舐犊深情，百忙中抽空上医院看他两次。是深秋了，满城下着如烟的重阳风雨，那时，我行头还多，穿着橡皮雨衣，缩着肩膀，两手插在雨衣袋里，脚下蹬着胶鞋，踏了中山东路的水泥路面，急步前行，路边梧桐叶上的积水，蚕豆般大，打在我帽子上，有时雨就带下一片落叶，向我扑打。明故宫那片敞地，埋在烟雨阵里，模糊不清。雨卷了烟头子，成了寒流，向我脸上吹，我有个感想，因为像是一个不吉之兆，赶快地奔医院。

看到了孩子，结果体温大减，神智很清。我很高兴离了医院，我有心领略雨景了。那片敞地，始终在雨阵里，那角宫门，有一个隐隐的长圆影，立在地平上，门洞上，原光有几棵小树，像村妇戴着菜花，蓬乱不成章法，然而这时好看了，它在风丝雨片里有点儿妩媚，衬着这宫门并不单调。远处一片小林，半环高城，那又是一个令人迷恋的风光。再看西南角南京的千门万户，是别一个区域了。明太祖皇帝，他没想到剩下这劫馀的宫门，供我雨中赏鉴，人不谓是痴汉吗？身外之物，谁保持过了百年？费尽心血，过分地囤积干什么？就是我也有点儿痴。冒雨看孩子的病，不管我自己。于今孩子死了五年了，我哀怜他，而我还觉我痴。

当年雨中雄峙三层高楼的中央医院，不知现在如何？又是重阳风雨了！

（重庆《新民报》1944年10月24日）

碗底有沧桑

——两都赋

"上夫子庙吃茶（读作平声）"，这是南京人趣味之一。谈起真正的吃茶趣味，要早，真要到夫子庙畔，还要指定是奇芳阁、六朝居这四五家茶楼。你若是个要睡早觉的人，被朋友们拉上夫子庙去吃回茶，你真会感到得不偿失。可是有人去惯了，每早不去吃二三十分钟茶，这一天也不会舒服，这就是我上篇《风檐尝烤肉》的话，这就是趣味吗？

这里单说奇芳阁吧，那是我常去的地方，我也只有这里最熟。这一家茶楼，正对了秦淮河（不管秦淮碧或黑，反正字面是美的），隔壁是夫子庙前广场，是个热闹中心点。无论你去得多么早，这茶楼上下，已是人声哄哄，高朋满座。我大概到的时候，是八点钟前，七点钟后，那一二班吃茶的人，已经过瘾走了。这里面有公务员与商人，并未因此而误他的工作，这是南京人吃茶的可取点。我去时当然不止一个人。踏着那涂满了脚底下泥的大板梯，上那片敞楼，在桌子缝儿里转个弯儿，奔上西角楼的突出处，面对楼下的夫子庙坐下，始而因朋友关系，无所谓来这里，去过三次，就硬是非这里不坐。四方一张桌子，漆是剥落了，甚至中间还有一条缝儿呢。桌子有的是茶碗碟子，瓜子壳、花生皮、烟卷头儿、茶叶渣儿，那没关系。过来一位茶博士，风卷残云，把这些东西搬了走，肩上抽下一条抹布，立刻将桌面扫荡干净。他左手抱了一叠茶碗，还连盖带茶托，右手提了把大锡壶来。碗分散在各人前，开水冲下碗去，一阵儿热气，送进一阵儿茶香，立刻将碗盖上，这是趣味的开始。桌子周围有的是长板凳、方几子，随便拖了来坐，就是很少靠背椅，躺椅是绝对没有。这是老板整你，让你不能太舒服而忘返了。你若是个老主顾，茶博士把你每天所喝的那把壶送过来，另找一个杯子，这壶完全是你所有。不论是素的、彩花的、瓜式的、马蹄式的，甚至缺了口用铜包着的，绝对不卖给第二人。随着是瓜子、盐花生、糖果、纸烟篮、水果篮，有人纷纷地提着来揽生意，卖酱牛肉的，背着玻璃格子，还带了精致的小菜刀与小砧板。"来六个铜板的"，座上有人说。他把小砧板放在桌上，和你切了若干片，用纸片托着，撒上些花椒盐。此外，有我们永远不照顾的报贩子，自会送来几份报。有我们永远不照顾的眼镜贩或带子贩、钢笔贩，他们冷眼地擦身过去，于是桌上放满了花生、瓜子、纸烟等类了，这是趣味的继续。这里有点心牛肉锅贴，菜包子，各种汤面，茶博士一批批送来。然而说起价钱，你会不相信，每大碗面，七分而已。还有小干丝，只五分钱。熟的茶房，肯跑一趟路，替你买两角钱的烧鸭，用小锅再煮一煮。这是什么天堂生活！

　　我不能再写了，多写只是添我伤感。我们每次可以在这里会到所要会的朋友，并可以在这里商决许多事业问题，所耗费的时间是半小时上下，金钱一元上下，这比万元请客一次，其情况怎样呢？在后方遇到南京朋友，也会拉上小茶馆吃那毫无陪衬的沱茶，可是一谈起夫子庙，看着茶碗，大家就黯然了。

　　听说奇芳阁烧掉之后，又重建了。老朋友说："回到南京的第二天早上，我们就在那里会面吧！""好的！"可是分散日子太久，有些老朋友已经永远不能见面了。

（重庆《新民报》1945 年 11 月 14 日）

盛会思良友

——两都赋

在南京当新闻记者的时候，我们二三十个朋友，另外成了一群，以年龄论，这一群人，由四十多岁到十几岁；以职业论，由社长到校对，可说是极平等、忘年又忘形的一个集合。这个集合，并没有哪个任联络员，也没有什么条例规定，更没有什么集会的场合与时间。可是这一群人，每日总有三四个人或七八个人，在一处不期而会，简直是金圣叹那话："毕来之日为少。非甚风雨，而尽不来之日亦少。"（见《水浒》金伪托施耐庵序）会面的地方，大概不外四五处，夫子庙歌场或酒家，党公巷汪剑荣家（照相馆主人，亦系摄影记者），城北湖北路医生叶古红家，新街口酒家，中正路《南京人报》或《华报》，中央商场绿香园。除了在酒家会面，多半是受着人家招待外，其馀都是互为宾主，谁高兴谁就掏钱，谁没钱也就不必虚谦，叨扰过之后，尽管扬长而去。反正谁掏得出钱谁掏不出钱，大家明白，毋须做样。

这种集合，都在业馀，我们也并不冒犯"群居终日，言不及义"的嫌疑。若不受招待，那就人多了，闹酒是必然的举动，我在座，有时实在皱了眉感到不像话，常是把醉人抬出酒家，用黄包车拖了回去。可是这个醉人，明日如有集会场合，还照来一次。自然这就噱头很多，如黄社长在大三元向歌女发脾气，踢翻了席面（有大闹狮子楼的场面，非常火炽），巨头记者在皇后酒家，用英语代表南京记者演说之类，你常思之十日，不能毕其味。

说到别的集会呢，或者是喝杯酽茶，吃几个烧饼，或者吃顿便饭，或者听一场大鼓书，或者来一段皮黄。自然，有人会邀着打一场麻将。但一打麻将，是另一种局面，至少像我这种人，就告退了。有时偶然也会风雅一点儿，如邀伴儿到后湖划船，在莫愁湖上联句作诗之类，只是这带酸味儿的玩意儿，年轻朋友，多半不来。这里面也免不了女性点缀，几个文理相当通的歌女，随着里面叫干爹叫老师，年轻的几位朋友，索性和歌女拜把子。哄得厉害！但我得声明一句，他们这关系完全建筑在纯洁的友谊上。有铁一般的反证，就是我们既无钱也无地位。

我们也有几个社外社员（因为他们并非记者），如易君左、卢冀野、潘伯鹰等约莫六七位朋友也喜欢加入我们这集会。大概以为我们这种玩法，虽属轻松，却不下流，所以我们流落在重庆的一部分朋友，谈到了往事，都感到盛会不常，盛筵难再，何以言之！因为这些朋友，有的死了，有的不知消息了，有的穷得难以生存了。

（重庆《新民报》1944年11月21日）

窥窗山是画
——两都赋

南京是个城市山林，所以袁子才有"爱住金陵为六朝"的句子，若说住金陵为的是六朝那种江南靡靡不振的风气，那我们自然是未敢苟同。但说此地龙盘虎踞之下，还依然秀丽可爱，实在还不愧是世界上一个名都。就我所写的两都本身而言（这里不涉及政治问题），北平以人为胜，金陵以天然胜；北平以壮丽胜，金陵以纤秀胜，各有千秋。在北平楼居，打开窗子来，是一带远山，几行疏柳，这种现象，除了繁华市区中心，为他家楼门所阻碍（南京尤甚），其馀地点，均无例外。我住在南京城北，城北是旷地较多的所在，虽然所居是上海弄堂式的洋楼，却喜我书房的两层楼窗之外，并无任何遮盖。近处有几口池塘，围着塘岸，都有极大的垂柳，把我所讨厌看到的那些江南旧式黑瓦屋脊，全掩饰了。杨柳头上便是东方的钟山，处处地在白云下面横拖了一道青影。紫金山那峰顶，是这一列青影的最高处，正伸了头向我窗子里窥探。我每当工作疲倦了，手里捧着一杯新泡的茶，靠着窗口站着，闲闲地远望，很可以轻松一阵儿，恢复精神的健康。

南京城里北一段，本是丘陵地带，东角由鸡鸣寺顺了玄武湖北上，经过太平门直到下关。西边又由挹江门南下，迤逦成了清凉山、小仓山。所以由新街口以北，是完全环抱在丘陵里的一块盆地。在中山北路来往的人，他们为了新建筑所迷惑，已不见这地形了。我有两个朋友住在新住宅区迤北，中山北路偏西，房子面对着清凉古道，北靠了清凉山的北麓，乃是建筑巨浪所未吞噬及未洋化的一角落，而又保留着六朝佳丽面目的。我去过几回，我羡慕他们，真能享受到南京的好处，只可惜它房子本身却也是欧化了而已。这里是个不高的土山，草木葱茏，须穿过木槿花做篱笆，鹅卵石地面的一条人行道。路外是小溪，是菜园，是竹林，随时可以听到鸟叫，最妙的，就是他们家三面开窗，两面对远山，一面靠近山。近山的竹树和藤萝，把他们屋子都映绿了。远山却是不分晴雨，都隐约在面前树林上。那主人夸耀着说："我屋子里不用挂山水画，而是活的画，随时有云和月点缀了成别一种姿势。"这话实在也不假。我曾计划着苦卖三年的文字，在这里盖一所北平式的房屋，快活下半辈子，不想终于是一个梦。

在"八一三"后，南京已完全笼罩在战争气氛下，我还到这里来过一趟，由黄叶小树林子下穿出，走着那一条石缝里长出青草的人行长道，路边菜圃短篱上，扁豆花和牵牛花或白或红或蓝，悠静地开着。路头丛树下，有一所过路亭，附着一座小庙，红门板也静静地掩闭在树荫下，路上除了我和同伴，一直向前，卧着一条卵石路，并无行人，我正诧异着，感不到火药气。亭子里出来一个摩登少妇，手牵了一个小孩儿，凝望着树头上的远山（她自然是疏散到此的）。原来半小时前，敌机二十馀架，正自那个方向袭来呢。一直到现在，我想到清凉古道上朋友之家，我就想到那个不调和的人和地。窗外的远山呀，你现在是谁家的画？

（重庆《新民报》1944年12月5日）

江冷楼前水

——两都赋

在南京城里住家的人，若是不出远门的话，很可能终年不到下关一次。虽然穿城而过，公共汽车不过半小时，但南京人对下关并不感到趣味。其实下关江边的风景，登楼远眺，四季都好。读过《古文观止》那篇《阅江楼记》的人，可以揣想一二。可惜当年建筑南京市的人，全是水泥路面，钢骨洋楼上着眼，没有一个想到花很少一点儿钱，再建一座阅江楼。我有那傻劲儿，常是一个人坐公共汽车出城，走到江边去散步。就是这个岁暮天寒的日子，我也不例外。自然，我并不会老站在江岸上喝西北风。下关很有些安徽商人，我随便找着一两位，就拉了他们到江边茶楼上去喝茶，有两三家茶楼，还相当干净。冬日，临江的一排玻璃楼窗全都关闭了。找一副临窗的座位坐下，泡一壶毛尖，来一碗干丝，摆上两碟五香花生米，隔了窗子，看看东西两头儿水天一色，北方吹着浪，一个个地掀起白头的浪花，却也眼界空阔得很。你不必望正对面浦口的新建筑，上下游水天缥缈之下，一大片芦洲，芦洲后面，青隐隐的树林头上，有些江北远山的黑影。我们心头就不免想起苏东坡的词："一江南北，消磨多少豪杰。"或者朱竹垞的词："六代豪华，春去也，只剩鱼竿。"

说到江，我最喜欢荒江。江不是湖海那样浩瀚无边，妙的是空阔之下，总有个两岸。当此冬日，水是浅了，处处露出赭色的芦洲。岸上的渔村，在那垂着千百条枯枝的老柳下，断断续续，支着竹篱茅舍。岸边上三四只小渔舟，在风浪里摇撼着，高空撑出了鱼网，凄凉得真有点儿画意。自然，这渔村子里人的生活，让我过半日也有点儿受不了，他们哪里知道什么画意？可是，我这里并不谈改善渔村人民的生活，只好忍心丢下不说。在南京，出了挹江门，沿江上行，走过怡和洋行旧址不远，就可以看见这荒江景象。假使太阳很好，风又不大，顺了一截江堤走，在半小时内，在那枯柳树林下，你会忘了这是最繁华都市的边缘。

坐在下关江边茶楼上，这荒寒景象是没有的。不过，这一条江水，浩浩荡荡地西来东去横在眼前，看了之后，很可以启发人一点儿遐思。若是面前江上，舟楫有十分钟的停止，你可看到那雪样白的江鸥，在水上三五成群地打着旋，你心再定一点儿，也可再听到那风浪打着江岸石上，啪哒啪哒作响。我是不会喝酒，我若喝酒，觉得比在夫子庙看"秦淮黑"，是足浮一大白的。

（重庆《新民报》1944年12月19日）

清凉古道

——两都赋

　　有人这样估计：东亚的大都市，如上海、汉口、天津、北平、香港、广州、南京、东京、大阪、名古屋、神户，恐怕都要在这次太平洋战争里毁灭。这不是杞忧，趋势难免如此，这就让我们想到这多灾多难的南京，每遇二三百年就要遭回浩劫，真可慨叹。

　　我居住在南京的时候，常喜欢一个人跑到废墟变成菜园、竹林的所在，探寻遗迹。最让人不胜徘徊的，要算是汉中门到仪凤门去的那条清凉古道。这条路经过清凉山下，长约十五华里，始终是静悄悄地躺在人迹稀疏、市尘不到的地方。路两旁有的是乱草遮盖的黄土小山，有的是零落的一丛小树林，还有一片菜园，夹了几丛竹林之间，有几户人家住着矮小得可怜的房舍。这些人家用乱砖堆砌着墙，不抹一点儿石灰和黄土，充分表现了一种残破的样子。薄薄的瓦盖着屋顶，手可摸到屋檐。屋角上有一口没有圈儿的井，一棵没有树叶的老树，挂了些枯藤，陪衬出极端的萧条景象，这就想不到是繁华的首都所在了。三牌楼附近，是较为繁华的一段，街道的后面，簇拥了二三十株大柳树，一条小小的溪水，将新的都市和废墟分开来。在清凉古道上，可以听到中山北路的车马奔驰声，想不到一望之遥，是那样热闹。同时，在中山北路坐着别克小轿车的人，他也不会想到，菜圃树林那边，是一片荒凉世界。

是一个冬天，太阳黄黄的，没有风。我为花瓶子里的腊梅、天竹修整完了，曾向这清凉古道走去。鹅卵石铺着的人行古道，两边都是菜圃和浅水池塘，夹着路的是小树和短篱笆，十足的乡村风光。路上有三五个挑鲜菜的农民经过，有一阵儿菜香迎人。后面稍远，一个白胡老人，骑着一头灰色的小毛驴，得得而来，驴颈子上一串兜铃响着。他们过去了，又一切归于岑寂。向南行，到了一丛落了叶的小树林旁，在路边有二三户农家的矮矮的房屋，半掩了门。有个老太婆，坐在屋檐下晒太阳。我想，这是南京的奇迹呵！走过这户，是土山横断了去路，裂口上有个没顶的城门洞的遗址。山岩上有块石碑，大书三个楷书字"虎踞关"。石碑下有两棵高与人齐的小树，是这里唯一的点缀。我站在这里，真有点儿怔怔然了。

在明人的笔记上，常看到虎踞关这个名字，似乎是当年南都一个南北通衢的锁钥。可以料想当年到这里行人车马的拥挤，也可以遥思到两旁商店的繁华，于今却是被人遗忘的一个角落了。南京另一角落的景象，实在是不能估计的血和泪，而六朝金粉就往往把这血泪冲淡了。

回到开首那几句话，东亚大都市，有许多处要被毁灭，这次在抗战时期，南京遭受日寇的侵占与洗劫，也不知昔日繁华的南京，又有哪几条大街，变成清凉古道了。

（重庆《新民报》1945年1月23日）

曲典吴梅

词曲家或能填而不能唱，或能唱而不能填，吴梅先生兼之，遂为一代宗匠。予初读先生文，在《民二小志月报》，先生作曲话，为《西厢》后四折辩护，斥金圣叹为妄人。窃心仪之。越二十二年，始面晤先生于南京。

先生嗜花雕，饮辄巨觥，年月既久，伤其嗓，不复能歌。暮年体弱，嗓愈伤，发音低微而哑，聆先生谈，觉其有所苦。唯不闻先生辍饮。

先生家藏曲至夥，虽谓中国曲书尽聚于是，不为过。故考订演述，亦非他人所可望其项背。后学遇之，苟有请益，随问随答，盖先生即为一曲典，所疑者不患不迎刃而解也。

先生授教南北，门弟子甚多。而私人习词曲，未曾于学校受课者，亦多拜先生门，先生为人谦和，师弟间极水乳。学生歌，常自为吹笛。闻先生笛韵甚佳，暮年辍唱，犹偶一弄之。

予识先生晚，又遇疏，仅能追述印象一二。同文冀野兄，为吴门之颜曾，闻将以专集传其师，愿拭目以待之。

（重庆《新民报·晚刊》1944年9月15日）

珊瑚子

　　国人冬日供腊梅,向配以天竹,竹叶淡绿,生子如珊瑚珠,红黄掺杂绿叶间,饶有画意。顾天竹非年老不生子,且子亦不甚繁。苏人以此物供不应求,则以盆景养刺叶树以代之。此树学名不详,不落叶灌木,高七八尺,叶长圆,连柄作六角形,每角生长刺,飞鸟不能入其丛,皖人名之曰老鼠刺,以之作篱,藉拦野兽,物品至贱。然秋日结实,其大如蚕豆,红若丹珠,亦颇可爱。苏人易其名曰"鸟不宿",以盆植之,删其繁枝,独留老干,黄花开时,子肥大而红艳胜天竹。每届菊花会,可随处见此物,与人工培植畸形南瓜相间,至有清趣。

　　予生平爱盆景,究以此物叶刺可厌,未尝置之阶前。及居此山谷,于深秋之际,发现草庐前后,多红色小丛灌木,簇拥顽石蔓草中,颇以为奇。近视之,枝上结天竹子,累累然如堆红豆,深者丹,浅者胭脂，娇艳欲滴，尚有些微小叶，作苍绿色，亦极配合得宜。枝上有刺，攀折不易。然以剪除此，与白菊同供一瓶，极得颜色上调和，天竹及鸟不宿皆不足道矣。入冬，霜露微降，枝子愈红，亦愈肥，复可腊梅水仙素梅相配，予尤爱之。以问巴人，不能举其名，但曰红子子而已。经春，红子渐落，农历二三月间，子未落尽，而花又作。远望之，花如白绣球，逼视则花作五瓣，丛生枝头，颇似珍珠梅，略有清香，实蔷薇植物也。予因锡其名曰珊瑚子，每冬深必采备一包，藉待他日东下，传种江南，亦已习之三年矣。

（《山窗小品》，张恨水著，上海杂志公司1944年12月初版）

秋　萤

　　江南之萤始于夏，而初秋犹盛，故诗人有"轻罗小扇扑流萤"之称。川东则否，始于暮春，盛于仲夏，稻花开时，黑夜即不复有流火群飞矣。然亦非尽绝迹，时或遗一二老虫在。盖川东夏季长，山谷中丰草塞途，野花不断，萤乃因此而延其寿命。每当阴雨之夕，谷黯如漆，启户视之，荒山巨影，巍巍当前，厌吾居如入深渊。西风徐来，摇撼涧岸丛竹小树于黑魆魆中，其影仿佛能见，若巨魔作攫人状。时此一二老虫，于草间突起，发其淡绿之光如豆火，低飞五六尺，闪烁数下，忽然不见，倍增鬼趣。间或村犬遥遥二三吠，其声凄惨沉闷，似若有所惊。独立涸涧断桥上，俯首徐思，觉吾尚在人境中乎？

　　萤亦有翅落不飞，蛰伏石隙者。其所挟之光极微，色亦不甚绿，既不闪烁，亦不移动，初来此间见之，颇疑人遗火星于地，取而视之，僵硬如蛹，殊非江南人所素知。

　　夜立暗空下，乃思此萤，何类当今文人。虽遗弃草根将死，而犹能于黑暗中发其点滴之光。虽然，萤以其光传授子孙，明夏仍可与星月争片刻之光，文人顾何如乎？

　　　　　　　　（《山窗小品》，张恨水著，上海杂志公司1944年12月初版）

昼　晦

　　雾季长雨，昼昏如夜，此在江南，为仅见之事，号曰昼晦。犹忆二十四年居上海时，曾得此一日。午饭既毕，乘车赴报社，则满街灯火齐明，霓虹市招，灿然列长空，宛然日之夕矣，诧为奇观。事后回忆，每感馀趣，辄欲把笔以记之。及入蜀，居渝市一年，秋冬两季，月可遇此者恒十馀回，乃深笑往日之寡见，是疑骆驼为马肿背也。

　　匝月以来，雾雨连绵，每日昼晦。斋窗在廊内，而又面山如屏，受光有限，读书阅报，直如雾中看花。欲燃灯烛，则长日消耗，所费不资。故非极无聊赖不展书报，展之，即鹄立廊下，乃若行路人接传单读也者。且细雨如烟，谷风卷之作水浪，直扑入茅檐下，嫩凉侵入衣鬓。山居既无可语者，又不能长斠自遣，而泥泞路滑，更寸步行不得。终日斗室徘徊，焦躁欲死。偶窥窗外，唯见烟雾迷离，不识天日所在。虽窗外山近在咫尺，亦轮廓模糊，沉沉欲坠。而檐溜滴笃不断，声声滴美人蕉叶上，尤乱人意。此非入定老僧，无声色臭味触法，谁复能耐哉？四时以后，真个黑寂入夜，即以灯草四五茎，满注菜油于瓦灯而燃之，乃觉心地开朗，又入一世界。就案展龙门文游侠列传一篇而读之，颇可聊解终日之苦闷。余于是知风雨如晦，转不如沉沉长夜犹可藉灯烛之光也。

（《山窗小品》，张恨水著，上海杂志公司1944年12月初版）

禾雀与草人

风檐读报，偶作长叹，邻人怪其苦闷，问有恶消息耶？笑曰："否！读轴心巨憝演词不耐耳。"邻因与闲谈，各发慨叹，予乃举一小故事以解嘲。

鸟中有禾雀者，喜食方熟稻粒。当江南八月时，木叶微脱，新谷便黄，长穗垂垂，浆凝成粒矣。于是禾雀千百成群，翩然集于田中，且噪且食，陶陶然度其黄金时代。人来相逐，哄然飞去；人去，彼又如降落伞兵之骤至。田夫苦之，而无可如何。有黠者束草为人以惧之，草人戴草笠，覆短衣，手持长棍，宛然一农夫也。又以其不能人立，乃以钓鱼竿插田陌上，系草人于纶钩。草人之下，更坠以二石，禾雀见之，果以为人在，率不敢来。儿时初入农村，见之大笑，以为徒事皮毛之燕雀，终属易欺。但草人下坠以二石，则未解其意。时齿稚好弄，遂为代去二石。既而西风吹来，草人自动。衣翻草出，真相毕露。有禾雀过，遥集而睨之，良久，若觉草人之伪，则有一部分稍稍下田中。又少顷，来者料已无患，坦然就食。未来者亦遂纷集，而草人恐吓之作用，乃完全失效。至此，吾始知于草人下之坠以二石，盖不欲其飘动无据，以真相示人耳。自后，吾村之草人，遂不复可恃。有时禾雀集于草人之身，格磔争鸣，鸟矢纷下，若群相戏侮草人也者。

（《山窗小品》，张恨水著，上海杂志公司1944年12月初版）

斑鸠之猎取

斑鸠，野鸽也。其羽灰色，为状不美。鸣作咕咕之音，亦无可听。然江南人士养之者，善自喂饲，恒及数年。此非爱好逾恒，盖以鸠能为主人引致同类，以资烹割也。大凡养鸠者，捕得一头，即以竹笼囚之。笼外覆绿叶，不令其稍见天日。但水谷之需，则如所好。鸠噤若寒蝉，倦伏而已。逾数月，鸠与人渐昵近，饮食如常，于是去笼上绿叶悬之树间，鸠目前忽然开朗，重睹宇宙自然之美，不禁引吭而鸣，主人闻而乐之，自祝所谋成功矣。此时不以旧笼居鸠，而更置于打笼中。打笼者，分一笼而为二重。其一，如常制，鸠居之；其一，则敞开，以铁圈卷网于其上，网下有一机关，稍触则网落，盖陷阱也。

春夏之交，绿云连野。主人携笼行郊外，侧耳而听。闻树林间有斑鸠相呼者，即以打笼遥遥另悬一树上，使驯鸠亦闻声而呼。鸠故好斗，树中之鸠闻笼中驯鸠之呼声，以为骂己也，则飞来扑之。渐呼渐近，卒飞至打笼外层，及蹋机关，而身遂入网罗矣。善引鸠者，一日之间，可引三四头。鸠肉肥美，驯鸠尽一日之力，定供其主人一饱之所需。虽曰同类相残，然驯鸠实无所知。此法，与印度人之以象猎象法，甚属相似。然驯象引野象来，野象来不至死。而驯鸠引野鸠，则朝诱之于林野之间，暮置之鼎镬之内矣。涪州友人，冬季享以野味，其间有腌鸠，食之，辄思此事。因念人类遂其嗜欲，何所不用其极。怨人，毋宁怨上帝予人以智慧。

（《山窗小品》，张恨水著，上海杂志公司1944年12月初版）

忆车水人

扬子江上有三个半火炉,为南昌、汉口、重庆,南京则半个也。当炎暑达华氏百度上时,此间富贵人士,颇思北戴河青岛牯岭,不得已而思其次,则为在京、沪冷气间看电影。予畏暑之人,不免有思,然思与富贵人大异,思吾乡车水之农人。

吾乡居皖中,无井,以池塘储水。五六月之间,旱。农人乃架水车于塘沿,汲塘中水以灌田。水车有大小,小者长一二丈,以木格夹隔板于中,俗呼之为龙。龙头有两铁钮,各套一木拐。拐动钮转,节节引水上,此水车也。力巨者,一人可任之。大者龙长四五丈,木板以五六百节计,龙头支无沿之轮四或三。轮滚上有脚踏,人踏之而轮转车动。人不能凭空而立,则有一木架,做栏杆状,农人扶而立之,以足车水。

日之午,骄阳蒸发田中水上升,热不可当。禾稻虽生水中,犹炎烧作青草味。村中大树叶，均萎靡下垂。狗卧树荫下，吐其长舌，水牛匿泥坑中，微露其首。车水之农人，则赤背跣足，腰围蓝短裤，车水不已。架上或支布棚，或不支，然支棚亦仅蔽日于当顶时。故皮肤焦黑，转作红色。胸前汗如蚕豆大，若巨霖之下滚。天愈热，需水愈急。俯视足下水，从龙口滚滚而出，则作哟呵之声以呼风。然风轺不至，人乃误农人为欢呼也。

车水工作，须半夜起，日入而止。农人立转动之车轮上，凡十馀小时。家近者，可归餐。否则有妇人或童子，以竹篮送饭至树荫，呼而食之。食饭外，唯农人藉抽旱烟，得小歇。附近或无树荫，即坐水滨烈日中，于腰间拔旱烟袋出，将田岸上所置燃火之蒿草绳，就烟斗吸之。偶视同伴，尚作一二闺阃谑语，以自解嘲。盖除此外，亦无以调剂苦闷与枯燥也。试思，此味与坐重庆洋房中，开电扇饮冰水意境如何？

（《山窗小品》，张恨水著，上海杂志公司1944年12月初版）

耙草者

大暑前后,江南禾长一二尺矣。莠草丛生,因田水而滋蔓。农人恐其夺稻禾之营养,则群起以耘草,最苦事也。

耘,吾乡谓之耙草。耙草有三次,则以耙第一届草、耙第二届草、耙第三届草分之。耙第二届草,时最热,太阳如狂火之巨炉,天地皆炽。耙草者,戴草帽,赤背。然背不能经烈日之针灸,则以蓝布披肩上,藉稍抗热。下着蓝布裤,卷之齐腿缝。与都市女郎露肉,其形式一,而苦乐殊焉。农人赤足立水中,泥浆可齐膝。然实不得谓之泥浆,经久晒,水如热汤,酿浊气扑人胸腹。水中有蚂蟥,随腿蠕蠕而上,吸人血暴流,更有巨蚊马蝇藏水草中,随时可袭击人肉体。耙草者一面耙草,一面须防敌人。身上不得谓之出汗,直是巨瓮漏水,其披在身上之蓝布,不时可取下拧汗如注溜也。

耙草所用之刀,如月牙,分长短二种。长者柄四五尺,可立而耘之。短者柄仅六七寸，必弯腰蹲田中，伸臂入泥汤内，拨水潺潺作响。阳光曝人背，蹲久则周身酸痛并作。乡人不欲言其苦，掉以文曰："下蒸上晒。"故耙草者，非一午休息四五次不可也。以是，江南米中，稗粒甚少。近来吃平价米，苦稗，每饭架老花镜挑剔，辄愤恨以箸敲案，若古人之击唾壶。顾思及此，则爽然若失矣。

（《山窗小品》，张恨水著，上海杂志公司1944年12月初版）

断桥残雪

　　断桥残雪，为西湖十景之一。民国四年春，赴杭，出涌金门，首遇此景。桥为石板堆叠，微拱。拱处直立一碑亭，若火柴盒，殊别致。时无雪，桥亦完好不断。址在苏堤之首，翠柳垂垂夹峙两端。瞰其下，水碧于油，远望则湖山环抱，渐入佳境。景至娇媚，毫无荒寒萧瑟之态。名固嫌不称矣。民国十九年冬，与友郝耕仁、张盖游湖。郝老革命党，酒狂，亦诗雄也。举伞健步，沿湖滨行。环顾湖上溟蒙烟水曰："愿得大雪，与子同过断桥。"予亦微笑。及至，桥改观矣。撤石板，易以水泥路面，无亭，敞然与马路一色。柳碍车马，亦多砍除。遥闻雷声隆隆，旗下至岳庙之公共汽车，蠕蠕而来。郝大怒，狂骂市政官为伧父。民二十四年冬，复偕内子游湖，彼固烂熟《白蛇传》者，亦亟欲至雷峰塔与断桥。乘车过苏堤矣，问断桥过乎？予遥指身后马路是，彼大失望。谓尝观画图，实不如是，画家欺人乎？予笑曰："予友先卿数年慨叹之矣。"因告其故。彼曰："富贵人执政，固不知萧疏中亦有美态也。"予是其言。

居寒谷，门外亦有断桥，予屡言之矣。前年，川东得雪，朝起启户，山断续罩白纱，涸溪岸上，菜圃悉为雪掩，竹枝堆白绣球花无数，曲躬向人。断桥铺白毡寸许，鸡犬过其上，一路印梅花竹叶。内子大喜，呼曰："吾家有断桥残雪矣。"予应声出，见村中两三穷汉，穿破烂短衣，片片翻乱。两手环抱胸前，赤脚踏坡上石板路，周身抖颤如农人筛糠秕，鼻中出气如云，予叹曰："此亦人子，宁知风景。"内子曰："彼等唯计今日有红苕粥啜否耳，何暇赏鉴断桥残雪？"予笑曰："尚忆过西湖断桥所言乎？是穷人亦不知萧瑟中有美态也。"彼爽然若失。

三十三年冬十二月十五日，谷中又飞雪花，浅淡真如柳絮，飞至面前即无。断桥卧寒风湿雾中，与一丛凋零老竹，两株小枯树相对照，满山冬草黄赭色，露柏秧如点墨，景极荒寒，遥见隔溪穷媪，正俯伏圃中撤青菜，吾人遂不复思断桥上有雪。

（《山窗小品》，张恨水著，上海杂志公司1944年12月初版）

杜鹃花

今冬瓶花奇昂，腊梅一枝达百元，往年由城回山，常携花一束，今不尔矣。乡场间亦有售花者，唯不常至。昨得腊梅六七枝，花苞达数百朵，仅费法币六十元，可称特贱。盖远乡老农携来，固不耗资本。且此间少富商巨宦，亦不得以重庆市价比耳。当暮春时，建文峰上，遍开红杜鹃，苟不患腿酸，百斤可担负归，乃不费一钱。使日能捆一束入城，当亦可供两餐薄粥。于是又令予忆一事，北方少杜鹃鸟，亦无杜鹃花。北平花儿匠谋得南种，以盆养之，夏初出售市上，一盆索银币五六元。若按今日物价千倍计，真是骇人听闻。尝于巨室，见雪窗下，供红白杜鹃各一盆。奇而问之，言系花儿匠暖房中烘出者。予恐露穷相，未询其价几何。素知苏扬人士，亦玩杜鹃盆景，尚白，红则视为凡品。于朔方严寒中，得杜鹃白者，宁非珍中之珍。富贵之家，何求不得？钱多，则以反常为乐，使其亦与予同住此寒谷中，谅必以玉盆供燕地黄芽白也。

墩儿饽饽，北平贱食品，面硬，微甜，食之硌齿。在平，家人无食者。近于渝市北方食馆，睹有此，购十枚归，家人见而狂喜，夺而食之，实有何好处，学富贵人反常耳。使杜鹃花冬日开于北地，何足入朱门？袁世凯欲称帝，必使西洋顾问，草国体意见书，其理将毋同？

（《山窗小品》，张恨水著，上海杂志公司1944年12月初版）

除夕苦忆

民国二十四年冬，予自沪解《立报》职务，将北归。一夕接家中两电，嘱勿行。旋接航函，知日本特务机关，在平搜捕新闻教育两界反日人物，忝居榜末。不得已，遂中止南京。废历除夕，聚饮于叶古红家。叶，川人，好与新旧斗方名士游，慧剑兄所谓诗医也。其家在湖北路之东，面临外交部花园。城北故旷阔，景至萧疏，时雪花如掌，冻雾迷天，宇宙银装，荒林积素。叶于小楼上，盛陈年饭，案上巨瓶插腊梅天竹，高三四尺。电炬通明之下，更燃红烛如椽，铜柱双擎。屋角白铜巨炉，镂花作盖，其中煤火熊熊，满室生春。玻璃窗上，雪花扑打，水汗淋漓，于窗隙窥外交部大厦，真是琼楼玉宇。加以断续爆竹声，城南北远近相应，年味益然也。

叶妻魏新绿，女票友，北地胭脂也，与周南素善，预约作天津女儿新年装。时则穿桃花袍，着红袜红履，且于鬓边插巨朵红花，周身尽赤。馀哀乐中年，唯作微笑。叶齿豁头童，睹其艳妻，乐不可支。既而友人郭冷厂、陶荣卿等三五人来围坐把盏，即席赋诗，余得一律，不复尽忆，中有"已无馀力忧天下，只把微醺度岁阑"之句，盖余固别有感慨也（事后叶以诗钞示周邦式兄，揭载《中央日报》，易君左兄见而好之，和之至再）。诗酒阑珊，隔窗外视，雪涌如潮。湖北路稍远通衢，夜深声寂。偶有讨账人携灯笼过楼下，衣帽尽白。其前有马车，轮蹄破雪，的扑作声。车上堆食盒，亦似为过年忙者。予等乃嗟叹一般年味，各个赏鉴不同如此。于是古红豪兴大发，撤席作竹战，予不善此，与新绿坐炉边剥花生，谈梨园故事。天将明，雪稍止，叶着仆呼一轿式马车来，送客归寓。车由来龙巷入丹凤街，人家拥寒闭户，门上春联，与地上尺厚积雪对照，红白益显。晓色溟蒙中，见二三拜年人，着新衣在风檐下零落行走，便非昨夜趣味。盖丹凤街是旧南京街道，仍有人自行其古风也。

当时草草过此一夕，初无深感。六年来，古红早已作古，新绿漂泊天涯，境遇至劣。郭在西安，五六年不晤。陶死兰州。余与南，抛别老幼，托迹陪都。长安不易居，借茅屋两椽，避居山谷。又届岁除，亦复聊煮鱼肉，同饱晚餐。方案之上，油灯之光如豆大，以竹凳反置，上支铁锅，燃木炭数根，藉除寒气。时门外瘦竹一丛，风吹之飔飔作响，雪子如珠扑入门户。饭后守岁小坐，与南回首旧事，一语三叹，人犹此人，雪犹此雪，除夕犹此除夕，非其地，非其时矣。

谷中无爆竹声，取旧表视之，仅十句钟，而万籁均寂，宇宙若死，探首户外，漆黑无光，伸手不见其掌。亟掩户回视，南拥被酣然入梦矣。伸纸追记，掷笔惘然。

三十年农历除夕。

（《山窗小品》，张恨水著，上海杂志公司1944年12月初版）

洪北江与袁子才

从前我读《北江诗话》的点将录，对于清代中世纪的诗人颇得些启示。洪氏对那一时的红诗人袁子才，说是"通天神狐，醉即露尾"，这似乎是论人，而不是论诗。袁诗主性灵，流于率易，不仅是露尾之作。这话移于并称的赵瓯北，倒恰当些，赵的好诗，往往有一两句太不入格之作。至袁之为人，中年就隐居南京住在大观园里，享受曹雪芹所不能享受之福，总督衙门是一条出门的大路，偶然遨游南北，靠一部《随园诗话》的逢迎做诸侯上客，不谈政治得名利双收之实。而批评袁氏的洪氏呢？对于当时的事，要来个什么救济时艰的条陈，上书成亲王。被人攻击为指斥乘舆，刑部议罪是斩立决，几乎送了命。总算嘉庆特别客气，下旨免死，充军新疆。那位新疆将军保宁，还放他不过，密奏要等他到时，毙以法，先发后闻。还是嘉庆不许，才保全了性命。这样看起来，洪先生是明于论诗，而昧于处世（虽然那条陈曾传诵一时，也就传诵而已）。比袁子才差之多矣。

诗人最好还谈些风花雪月，孔子说得好，不在其位，不谋其政。时艰和平平仄仄有什么关系呢？

（重庆《新民报》1945年3月16日）

绿了芭蕉

这几天，在大江南北，正是"红了樱桃，绿了芭蕉"的日子。樱桃并不怎样好吃，然而它的形态和它的颜色，像一颗颗的红珠，实在是好看。樱桃红的时候，也就是芭蕉绿的时候，回想当年坐在后湖的芭蕉荫下，唤一个卖樱桃的少女过来，在白桌布上倒上一捧红色的珠子，日午风清，眼望着一片生着鱼鳞纹的湖水，心里是空灵极了。隔湖的紫金山，换上了新制的绿袍子，倒着巍峨的影子，落在湖水里。故国山河真美呀！这并不是什么纸醉金迷的场合，也不是什么霓裳羽衣的盛会，更不是炮龙燔凤的盛宴，可是当春去夏来之时，在南京住过一个黄梅时节的人，他就会这样对人说，又是在后湖吃樱桃的日子，还记得吗？于是听的人，心里就会荡漾一下。

在西蜀听了八年的子规声，触景思乡，自是人情。我们不必怪人空洞的憧憬，无补实际，也不必追悔当年在后湖划瓜皮艇子，忽略了有一天七十二架敌机炸北极阁。不过对"明年此时大概回南京了"的企望者，倒要问一声，回到南京以后，预备了做些什么事？无论时代不同，将不让人软躺在六朝烟水里。而国家这场十年大战之后，一切都会更改，不是回去就了事了的。

西蜀的芭蕉，比江南的肥大得多。而野人山的芭蕉，据报上所载，又是高不可攀。于今看到西蜀的芭蕉，回想当年在芭蕉荫下的甜蜜生活，自是增加一层怅惘，也决不会忘记。所怕者，就是明年以后，坐在那清瘦的芭蕉荫下，会忘了今日的芭蕉荫下，在野人山被围待援的国军，为了缺水，曾是挖过芭蕉根取水喝，这或者不是一般人所能想象的。而住在重庆疏建区的人士，为了茅草檐下，西晒热得难受，在第二个夏季未来之前，赶快就去寻觅芭蕉来载着，以便多少挡点骄阳。这一种惨淡的经济算盘，也非经过人不知，不晓得将来会不会也回思一下。

痛苦的日子回思甜蜜，就更增加痛苦。而甜蜜的日子回思痛苦，却也增加甜蜜。我想着，将来一定很多人淡忘了，至少他也不会传给下一代教他记住。其实，必须极清楚地告诉下一代，我们这十年苦，才没有白吃。不然，我们吃这十年苦为着谁来？

芭蕉这东西，在雨窗的夜晚，是助人愁思的，江南芭蕉初肥的时候，雨特别地多，在这场合，在灯下，在枕上，自也容易引人听着雨打芭蕉的沙沙之声,而思前想后,我预计着,我将来,如有这个机会,会永夜地听下去的。不过北方没有芭蕉,有,也是园艺家用木桶栽着,冬日入窖,夏日搬出。我若将来回北平去住,就没有这个蕉窗温梦的境界。只有吃樱桃的时候,会这样对人说:"当年在四川,三月就吃樱桃,而北方人还在看桃花呢。"说到在北平吃樱桃,又让我想起一件事。"九一八"的前一年,上海新闻记者团北游。他们在来今雨轩看牡丹,吃蜜饯樱桃,认为这是享人间清福,事后念念不忘。有些人也就是生平只这一次,因为已做了古人,再不能去北平了。朋友们谈起,更于流浪的年月里,增加了北平的眷念。由此,我们对于祖国之恋,在温暖中就应当注意他的健康。不问过去是否如此,现在当如此,将来更当如此。

(重庆《新民报》1945年5月29日)

玩菊花自亦有道

玩菊花，是东方人一个特殊嗜好。中国有艺术性的都市，如北平，如苏州，如成都，菊有黄花的日子，一批艺菊专家，就不免闲得忙上一阵。在家中或在公共场所，要开个菊花会。日本人同样地有这个嗜好，每年和中国艺菊专家，交换照片种子，绝对是件郑重而非小可的事。大概爱艺菊的人，有一个原则，就是培植好种，留住本根，希望在开会的时候，一本花，开三五朵好花。甚至有的养一本花，只希望它开一朵，而这一朵必然是颜色、姿态、枝叶，完全相衬的，这样，本根可以生存多年，种子也可以繁殖无穷。每年一个菊花会，博得众口称赞。

外行人玩菊，图个热闹，用很便宜的价钱，临时买上几十盆，摆了一院子。枝是乱叉叉，叶是一团糟，花是颠三倒四，开成一丛。这种花不是用艾茎发枝的，就是没有经过修剪培植的贱种。雪霜一下，花枯叶落，完全取消，明年是不再生存的。我们不玩菊则已，既要玩菊，当然个个一劳永逸，而且要发扬光大。事先不选种，不栽培，临时买些贱种，或接枝的玩意儿，在院子陈设起来，对朋友说，我家也有个菊花会。那既不雅观，也就是眼前昙花一现的短命局面。只是遭人嘲笑罢了。

记着，玩菊有三点，不要临时去收买，不要贱种，不要接枝的。

（重庆《新民报》1945年11月9日）

螃蟹每只四千元

　　重庆市上，有江苏阳澄湖活螃蟹出卖，每只四千元。这绝不是冒充的，价钱应该是不贵。你想，四川绝不会产生大螃蟹，九江以上也没有碟子大的螃蟹。这小东西纵然不是阳澄湖的，也是江苏的。螃蟹到市上，很难维持一个星期的寿命，由江苏的乡下到江苏的城市，由江苏的城市再到重庆，必是在一个星期以内，否则它是不会活的。若在十馀年前，说要在重庆市上，持螯赏菊，那是可以想像的吗？于今身居华西，可以享受华东的活螃蟹，四千元一只，实在是透值。从前杨贵妃在西安，吃广东新鲜荔枝，用八百里加紧驿马传送，诗人欣称为"一骑红尘妃子笑，无人知是荔枝来"。史家特书一笔，词家也专编一折戏，是怎样的大惊小怪？而且非帝王之家，也休想到。于今的新鲜荔枝、螃蟹，不管你是什么人，只要你肯花四千元，就可以买一只尝鲜，人都可以做杨贵妃，还不是便宜事吗？

话又说回来，吃一只螃蟹谁也不会过瘾，而且一人吃不过瘾。邀这么两三位朋友，每人吃上四五只，学学刘姥姥进大观园，算算吧，一四得四，四五二十，共是八万元，就有点骇人了。

根据这一点，可知重庆人不穷，而且我们也不要怨恨着坐不到轮船东下，下江的东西，自有最快的交通工具给你送来啊！至于你没钱买下江东西，那就活该了，谁叫你没钱？至于什么人不如蟹，尤其不合逻辑：人吃螃蟹，螃蟹并没有吃人啊！

（重庆《新民报》1945年11月20日）

秦淮河没了书卷气

到了南京，许多事看到之后，都觉得是变了质。《桃花扇》上说的：“无人处，又添几树垂杨。”自然是人人有之的杂感。其实这倒不足为异，可惊异的，人的心理上的变化，许多地方，是极于低级。

我们反正是不想入圣庙吃冷猪肉之徒，到了南京，就不免走到秦淮河畔。可是只匆匆一个圈子，就觉得扫兴之至。比如抗战前，我们这批半新斗方名士，无日不上夫子庙，除了听大鼓书、坐茶馆之外，无须讳言的，各人都有一二位歌女做朋友。她们能谈文艺，也能谈天下事，也能谈一点儿感想。虽然她们打扮得还是粉白黛绿，多少还有点儿书卷气。自然那已不是柳如是、董小宛之辈，可是你以朋友待之，她们绝对尊重你神圣的待遇，依然以朋友报之。现在呢？公开的，是一幢放了烟幕的人肉市场。我们这批半新斗方名士，谈不上乡党自好者，已是望望然去之了。

不要以为秦淮河不足下一代盛衰吧？在李香君、苏昆生身上，就可以想到明代民族气节入人之深。你会于现在向秦淮河上找到一个李香君、苏昆生吗？我真有点儿"树犹如此，人何以堪"之感。记得十年前，南京报纸，无论是哪一种，发表社评社论，多少还有些堂堂正正的态度。于今呢，笔调慢慢走入了刻薄一门，如秦淮河的风景似的，越来越少书卷气。若说这是人类思想进化，我倒情愿落伍。

（重庆《新民报·晚刊》1946年3月5日）

二月江南

"暮春三月，江南草长，杂花生树，群莺乱飞"，客朔方之南人，每诵此数语，辄觉悠然神往。实则此尤过于华丽，仅"芳草碧色，春水绿波"八字，已画出此日江南春色。闭目静思，置身其间者，殆飘飘欲仙矣。

尝居江南田园，知泄露春光者，非梅非柳，而为麦苗。灯节之后，东风送暖日光融和，麦自湿土中跃起，猛及五六寸，登高俯瞰，弥望皆绿。又旬日，菜花盛开，黄金匝地，清芬扑人。在夕阳将下时，麦田百亩，清水一湾，其间杂黄花两三畦，新柳四五株，便是春光烂漫，描写不出，而固无假其力于桃李之芳菲也。诗以赞之曰：

"平芜几片菜花黄，风过天空似有香。画得春光神欲活，一湾流水弄斜阳。"

三六九处处　二五八家家

　　江苏人在重庆开小吃馆，专卖元宵（上海人谓之为汤团）、汤面、馄饨三项者，例书市招为三六九。此项小吃店，极便于公教人员，生意乃极兴隆。因之元宵店遍布重庆市，三六九之市招，亦遍布重庆市。好事者因口占一联曰："处处三六九，家家二五八。"下联谓麻雀牌之风盛行也。成都人闻之，笑谓此与开小吃店者用三六九市招，同一伧俗，不够幽默。或问："蓉人固以幽默见长，试问当如何出之？"某君曰："就原来十字，一字不改，仅掉换一番上下而已，应当曰'三六九处处，二五八家家'耳。"若于三六九、二五八下之，念之作顿，则尤为神气活现。细思其言，颇有至理。

（北平《新民报》1946 年 4 月 16 日）

白门柳

当我初回到南京的时候，新闻界朋友，要我写点感想。我在宴会席上，随便写了几首诗，记得其中有一绝说：

"收拾行囊探老亲，七千里路冒风尘。驱车又过新街口，枯柳婆婆是熟人。"

那是隆冬时节，所以我这样说。自今日起，行政院正式在南京办公。虽然没有宣布正式还都，这可以说"南京重庆成都"，自今为始了。在南京，这个日子，正是"杂花生树，群莺乱飞"的季节，尤其是杨柳这东西，南京到处都是。现在凝雾笼烟，垂金匝翠，杨柳恰在最好的阶段。这批还都的人员，想到当年离开南京，是雨雪凄凄，今日回来，是杨柳依依，应该有些兴奋吧！当然，不能说什么"无情最是台城柳，依旧烟笼十里堤"了。但感慨总是有的，因赘二诗：

"入蜀仓皇几壮年，回家半是雪盈颠。还都一遇归来燕，凄绝垂阳夕照边。"

"万树垂杨拥白门，重逢真足老桓温。龙盘虎踞还无恙，步向钟山拭泪痕。"

（北平《新民报》1946年4月25日）

《广陵潮》估价

——时代不恕人

扬州李涵秋，所作《广陵潮》，在二十年前，固曾轰动一时。予以奔走南北，迄未能卒读其书。卅二年在川，沪出版商，携纸型入峡，将刊之，求序于余，并以全书见示。余翻弄数章，不能卒其事，嘱余妻代读之。庶其以大意相告，乃可执笔也。余妻抽看三四章，亦不能终篇。询其故，则答以故事杂乱，读之如治丝愈棼，令人不受任何刺激与陶醉。书中对话，执笔者之言，多于书中人之言，绝似听一扬州人在座，为人讲扬州琐碎私家故事，而不能令读者对书中人发生情感。予当笑予妻蚍蜉撼树，颇不自量。予遂再取《广陵潮》读之，觉予妻之言固不尽虚也。

平情论之，若不就整个书言，《广陵潮》截为无数段纪事文，则神来之笔，自是触目皆是。惜李氏对书中之对话未能全力以赴，而一时以作书人之介绍文渗入，章法纷然，因之伤害书中人神情不少。至故事方面，亦不外普通人情小说，完一事又连一事。但又不尽如此，仍有一部分系戏剧性人物，时来时去，极为自由。于是读者对之不发生密切关系，且亦缺乏最高潮，使读者无爱不忍释之事。使其能如老舍，以幽默置于对话，而不置于介绍，书亦当较为完好也。

虽然，此书曾一度执当年小说牛耳，书达百万言，亦非悻致，赵瓯北曰："江山代有才人出，各领风骚数百年。"信然，唯今日领风骚之年甚短，任何作家，难有二十年权威矣。

（北平《新民报》1946年5月18日）

桂窗之忆

中国文艺谈桂者，曰小山丛桂，曰三秋桂子。苏州留园曾立一太湖石小山，种数十老桂于其上，即以小山丛桂榜之。皓月横天，凉风扇露，曾于其间徘徊数夕，良不欲去。三秋桂子，则词人咏西湖者，予数次游杭，均非秋季，殊不能想象其境界。四川新都，桂湖公园，曲水迴廊，小山倚榭，有老桂一二百株，八月之间，香闻十里，予至时，乃在初夏，则亦绿荫遍地，不得受木樨香也。平市街头，近有盆桂出售，盖冬青接枝者，殊非珍品，睹物驰怀，思以旁及，乃联想及予之桂窗。

予潜山故居，传五代，子孙繁盛，传及予身，乃得其中之数椽。有一室，为祖姑绣室，予因营为小斋。斋老，黄土砖墙，白粉剥蚀成云片。无天花板，覆以篾席，席使净无尘，作古铜色。南向一窗，直棂无格。予以先祖轿上玻璃上下嵌之，不足则代以纸。凡此，均极简陋，然窗外为三角小院，围以黄土墙垣，终年无人履之，苔长寸厚。院中一桂，予祖儿时手植之。时则亭亭如盖，荫覆满院，清幽之气扑人。七月以后，花缀满枝，重金匝翠，香袭全家。予横一案窗下，日读线装书若干册，几忘饮食，月圆之夕，清光从桂隙中射上纸窗，家人尽睡，予常灭灯独坐窗下至深夜。三十年来，不忘此境焉。

抗战初年，予由京归里，知此院为他房所承继，以桂不生产，砍为薪，院则饲豚，并青苔不复得。是知风雅事，实不及于农村。古来田园诗人，每夸农村乐趣，固知谎也。

（北平《新民报》1946年9月26日）

《随园诗话》

袁枚一生，可谓著作等身。除词曲非此公所长外，凡中国文学之所包涵者，袁无不一一笔述之，而《随园诗话》书，尤为百年来人所熟知。识袁子才者，几乎全由《诗话》始。然直以论《诗话》，则其价值殊浅薄也。《诗话》不置体例，不分层次，亦复不重议论，但将其生平酬酢往来所得，随意编入书中，而著三五语以介绍之，故实非"诗话"，乃断简残篇之诗录而已。

当时此书，固已不胫而走，而识者亦复甚讥弹之，谓其以此下结士林，上干公卿，人凡持白银若干见赠，即得禄诗数则于《诗话》，诗如不佳，袁则代为改削而存之。言或不尽可靠，顾亦非无据。只观其书中称尹文端公者，连篇累牍而不已，即可知其多所标榜。尹文端公者，即尹继善，当时最红之贵人，文华殿大学士，而四督两江，与袁有师生之谊者也。

袁诗主性灵，格律浅易，故《诗话》中所录，或不外此。初学阅之，自明爽易入。民初，诗话畅行一时，予随时好，即受其影响甚巨。年长读书稍益，颇悟其非。盖文气魄力，均为浅率，语一洗而空耳？故学旧诗者，甚不可以《随园诗话》为师。

（北平《新民报》1947年11月30日）

写作生涯回忆（节选）

躐等的进修

十八岁，我父亲提议要我到日本去留学。但我好高骛远要到英国去。我并没有考虑到我还没有念过两册英文哩。在这个时候，我遭遇到了终身大悲剧，我父亲以三天的急病而去世了。那是民国元年秋季的事。我家完全靠我父亲手糊口吃，父亲一死，家里立刻就穷了。我母亲三十六岁居孀，我下面还有五个弟妹，怎么得了呢？于是她带了我们子女，回老家潜山，靠薄田数亩过活。母亲手上没有积蓄，就再不能供给我的学费。这个打击，我实在难受，在乡下闷住了半年，只是看些旧书，又苦闷，又躁急，放下书本，整日满原野胡跑。我有一位从兄，那时在上海当小公务员，他写了一封信给我，叫我到上海去给我想办法。十九岁这年春天，我到了上海。这时中山先生办的蒙藏垦殖学校北移未成，设在苏州。校长是陈其美，正在招生。我因这学校与农业相近，就前去投考。考得很容易，除了一篇国文，只有两道代数，几个理化题目。榜发，我录取了。我对此事，高兴得不得了。因为我中学没毕业，我又跳进专门了。亲友们帮忙，凑些款，让我缴了学膳费，我就到苏州去读书。

垦殖学校，设在阊门外留园隔壁盛宣怀家祠里。房子又大又好，我宿舍窗外，就是花木扶疏的花园。隔壁留园的竹林，在游廊的白粉墙上，伸出绿影子来看人。这个读书环境，是我生平最好的待遇。不过我还是不幸，这学校经费不足，陈校长辞职了，换了个姓仇的代理。姓仇的在北京，校务根本没人负责，学校里常常停课。而我又是个穷学生，连买纸笔的钱都没有。我怀念我的亡父，我忧虑我一家妇孺孤独，我更看到我前进学业的渺茫，我时常站在花园里发呆。这些愁苦无从发泄，我就一发之于诗。有时也填一两阕小令，词句无非是泪呀血呀穷病呀而已。有几个同学看到，颇为我同情，居然还结交了两个诗友呢。这里我得补叙一句的，就是在乡下半年，我自修作近体诗，并看看《白香词谱》一类的词书。

民国初年，中、大学生的国文程度，都是很好的。大概也就由于他们都念过私塾的原故。有人说，那个时候，青年的国文很好，科学却是不行。其实也不尽然，现在许多名教授，不都是那时的学生吗？不过思想上不如现代青年那样进步，那却是事实。在垦殖学校里，我实在还没有幻想到吃小说饭，我依然是个科学信徒。不过有些同学劝我走文学这条路，并以垦殖学校前途黯淡，劝我早作良图。可是我穷得洗衣服钱都没有，我能作什么良图呢？

第一次投稿

由于我穷，我也就开始自找出路。我不是喜欢看《小说月报》吗？我每月总要节省两角钱，买一期《小说月报》看。在背页的广告上，月报有征求稿件的启事，并定了每千字三元。我很大胆的，要由这里试一试。那时学校里正因闹风潮而停课。我就在理化讲堂上，偷偷地作起应征的小说来。为什么偷偷地呢？就由于怕人家笑我不自量力。这理化讲堂，是一幢小洋楼，楼下是花圃，楼外是苏州名胜留园，风景很好。我一个人坐在玻璃窗下，低头猛写。偶然抬头，看到窗外竹木依依，远远送来一阵花香，好像象征了我的前途乐观，我就更兴奋地写。

在三日的工夫里，我写起了两个短篇，一篇是《旧新娘》，是文言的，约莫有三千字；一篇是《桃花劫》，是白话的，约四千字。前者说一对青年男女的婚姻笑史，是喜剧；后者写了个孀妇自杀，是悲剧。稿子写好了，我又悄悄地付邮，寄去商务印书馆《小说月报》编辑部。稿子寄出去了，我也就是寄出去了而已，并没有任何被选的幻想。因为我对《小说月报》的作者，一律认为是大文豪，我太渺小了，我怎能作挤进文豪队里的梦呢？

事有出于意外，四五天后，一个商务印书馆的信封，放在我寝室的桌上。我料着是退稿，悄悄地将它拆开。奇怪，里面没有稿子，是编者恽铁樵先生的回信。信上说，稿子很好，意思尤可钦佩，容缓选载。我这一喜，几乎发了狂了。我居然可以在大杂志上写稿，我的学问一定很不错呀！我终于忍不住这阵欢喜，告诉了要好的同学，而且和恽先生通过两回信。但是我那两篇稿子，一月又一月，一年又一年，直等恽先生交出《小说月报》给沈雁冰先生的那一年，共是十个年头，也没有露脸。换句话说，是丢下字纸篓了。

这是我第一次投稿，也是我第一次作品流产。

失学之后

二十岁的春天，我又独自地到了南昌。因为那里还有一些亲友。青年人，不能闲散。我于是挪挪扯扯，找些款子，进了一个补习学校，补习英语。我的意思，当然还是想加深功课，去考大学。但只补习了半年，经济来源断绝，把学业放弃了。那是民国四年，九、十月间，我因为有一位族兄和一位本家在汉口，搞文明新戏和小报，我冒着危险，借了一笔川资到汉口去。

我那位本家，在小报馆里当独角编辑。我去了，他倒是很欢迎，天天让我写些小稿子填空白。我寄寓在一家杂货店楼上，我和族兄住在一处，本也很无聊，天天到小报馆去混几小时，倒也无可无不可。但又有个意外，我那种小稿，居然有人看，有人说好，虽不得钱，却也聊以快意。本来在垦殖学校作诗的时候，我用了个奇怪的笔名，叫"愁花恨水生"。后来我读李后主的词，有"自是人生长恨水长东"之句，我就断章取义，只用了"恨水"两个字。当年在汉口小报上写稿子，就是这样署名的。用惯了，人家要我写东西，一定就得署名"恨水"。我的本名，反而因此湮没了。名字本来是人一个记号，我也就听其自然。直到现在，许多人对我的笔名，有种种的揣测，尤其是根据《红楼梦》，女人是水做的一说，揣测得最多，其实满不是那回事。

在汉口住了几个月，毫无成就，我族兄介绍我进文明进化团演戏。这是笑话，我怎么会演话剧呢？平生没想到这件事。但主持人李君磐先生，他倒不一定要我演戏，帮着弄点宣传品，写写说明书，也就让我在团里吃碗闲饭。于是我随这个进化团到湖南常德，又到沣县。在这团里久了,所谓近朱者赤,我居然可以登台票几回小生,我还演过《卖油郎独占花魁》的主角。事后想来,简直是胡闹。

二十一岁,夏季,我随进化团的人,一同到了上海。这时,有几个同乡的文字朋友,住在法租界,我就住在他们一处。那时的穷法,我不能形容,记得十月里,还没有穿夹袍子。其间我又害了一场病,脱了短夹袄,押点钱买中药吃。病好了,上海我就再也住不下去了。

一节流浪小史

二十一岁,冬季,我又回到了故乡。这次我下了决心,不再流浪了,又在老书房里自修下去,而我写作的兴趣,却不因之减少,也就是上面那话,拿来解闷。这时写小说,我改了方向,专写文言中篇。两个月内,我写成了两个中篇,一篇是《未婚妻》,一篇是《紫玉成烟》。这两篇都是文言的。我写好之后,也没有介意,就随便放在书箱里。同时,我作了一篇笔记,叫《楼窗零草》。此外的工夫,我都消磨在作近体诗里。

二十二岁的春天,因为我族兄在上海吃官司,我受了本家之托,到上海去为他奔走一切。那时我到苏州去了一趟,遇到了李君磐先生。他有意带个剧团到南昌去,叫我和他到南昌为之先容。我利用了别人给我的川资,又流浪了几个月,一无所成。冬季还家。在这个时期里,我没有写什么东西,只写了一点不相干的游记而已。二十三岁的春天,友人郝耕仁,他看我穷途潦倒,由他故乡石牌,专门写信来约我一同出游。他是个老新闻记者,那时已三十岁了。他作得一手好古文,诗也不错,并能写魏碑,我们可说是文字至交。而他又赋性倜傥不羁,这点我们也说得来。于是我就应了他的约,在安庆会面,一同东下。

到了上海,郝君有两个朋友,要他到淮安去。但谋事的前途,并无把握。而郝君却是少年盛气,不顾那些。他在上海又借了点钱,尽其所有,全买了家庭常备药。我问他什么意思?他说要学学老残,一路卖药,一路买药,专走乡间小路,由淮河北上,入山东,达济南,再浪迹燕赵。我自然是少不更事,有他这样一个老大哥引路,还怕什么的,就依了他的主张,收拾了两小提箱药品,由镇江渡江,循大路北上。郝君少年中过秀才,又当过小公务员,入世的经验,自比我多。因之,我更不考虑前途的困巨。

一路行来,由仙女庙而邵伯镇。晚投旅店,郝君还是三块豆腐干,四两白酒,陶陶自乐。醉饱之馀,踏月到运河堤上去,我们还临流赋诗呢。可是这晚来了个不幸的消息,前途有军事发生。店主人也是个斯文人出身，他看到我们不衫不履，情形尴尬，劝我们快回去。但是我们打算卖药作川资的，只有来的盘缠，却没去的路费，那怎么办呢？于是店主人介绍一家西药店，把我们带的成药，打折扣收买了。而且风声越来越紧，店主把我们当了祸水，只催我们走。次日傍晚，我们就搭了一只运鸭的木船前往湖口，以便天亮由那里搭小轮去上海。在这段旅程中，我毕生不能忘记，木船上鸡鸭屎腥臭难闻，蚊虫如雨。躲入船头里，又闷得透不出气，半夜到了一个小镇，投入草棚饭店，里面像船上统舱，全是睡铺。铺上的被子，在煤油灯下，看到其脏如抹布，那还罢了，被上竟有膏药。还没坐下呢，身上就来了好几个跳蚤。我实在受不了，和郝君站在店门外过夜。但是郝君毫不在乎，天亮了，他还在镇市上小茶馆里喝茶，要了四两白酒，一碗煮干丝，在会过酒账之后，我们身上，共总只有几十枚铜元了。红日高升，小轮来到，郝君竟唱着谭派的《当铜卖马》，提了一个小包袱，含笑拉我上船。

这次旅行，我长了许多见识。而同时对郝君那乐天知命的态度，我极其钦佩。到了上海，我就写了一篇很沉痛而又幽默的长篇游记，叫《半途记》。可惜这篇稿子丢了，不然，倒是值得自己纪念的。在这次旅途中，我两人彼唱此和，作了不少诗。而和郝君的友谊，也更为加深。到了上海，我们在法租界住了几个月。我是靠郝君接济，郝君是靠朋友接济。我们在寓楼上，除了和朋友谈天，就是作诗。有时，我们也写点稿子，向报馆投了去。我们根本没打算要稿费，都是随时乱署名字，也没有留什么成绩。由此我已知道投稿入选，并非什么难事了。

写作出版之始

上面这段流浪生活，我为什么写这样多呢？因为这和我的写作，是大有关系的。一来和郝君盘旋很久，练就了写快文章。二来他是个正式记者，经了这次旅行，大家收住野马的心，各入正途，我也就开始做新闻记者了。

我已不敢在上海过冬，上次几乎病死在上海，有了莫大的教训。在西风起，北雁南飞的日子，我就回故乡了。

这时，我更遭遇着乡人讥笑，以为我是一个绝对无用的青年。甚至有人说读书如读得像我一样，不如让孩子们看一辈子牛。我也不和乡人深辩，我倒是受了郝君的影响，致力古文。我家里有许多林译小说，都拿出来仔细研究一番。过了两个月，郝君也回来了。他写信告诉我，我写的那篇《未婚妻》，放在网篮里，没有带回，经朋友传观，十分赞美。有家无锡报馆的编辑，把这稿子拿去了，有心约我去帮忙。同时，芜湖有家报馆要他去当总编辑。但他开春要到广东去，愿意把职位让给我。我得了这消息，十分高兴，高兴得有一份职业还在其次，而我写的小说，居然有被人专约的资格，这是我立的志愿有些前途了。于是我根据《未婚妻》那个中篇笔法，再写了一篇《未婚夫》。

苦闷地在家里度过残年，凑了三元川资，由家乡去芜湖。工作进行得很顺利，和报馆当事人一席谈话，就约定了我当总编辑，当时就搬进报社去住。当年内地的报纸，除了几条本埠新闻，完全是用剪刀。那家报馆剪材料的，另有专人，我的责任是两个短评和编一版副刊。副刊本来也是剪报的。我自然不肯这样干。我自己新写了一个长篇，叫《南国相思谱》，完全是谈男女爱情的。

那时我才足二十四岁，这样的小说名字，我并没有感到过于艳丽。于今想起来倒有些言之赧然了。同时，我每日写一段小说闲评。另外我找了两个朋友的笔记，也放在副刊里连载。这个举动，在芜湖新闻界，竟是打破纪录的，于是也就引着有人投稿了。

居停的太太，喜欢看我写的小说，居停却赞美我的小说闲评。报社除供我膳宿之外，本来月给薪水八元，因为主人高兴，增加了百分之五十，加为十二元。我反正没有嗜好，这时又没有家庭负担，也就安居下去。

在芜湖住了两个月，觉得很闲。而箱子里只带了一部《词学全书》，一部《唐诗十种集》，又无书可看。于是我借了多馀的工夫，再写小说。我先写了一个短篇，叫《真假宝玉》，是讽刺当年演《红楼梦》老戏的，试寄到上海《民国日报》去。去后数日，编者很快来信，表示欢迎。因之，我又写了一个中篇章回，叫《小说迷魂游地府记》。也投寄《民国日报》，他们连载了将近一月，竟引起上海文坛很大注意。这两篇都是白话体，前者约三千字，后者约一万字。后来这两篇小说，被姚民哀收到《小说之霸王》的集子里去了。把我的写作印在书本子里，这是第二次。第一次是民国五、六年的事，那时天虚我生编《新申报》的《新自由谈》，他曾征"秋蝶诗"，限用王渔阳《秋柳》原韵。我应征作了四首，录取了一部分，载在天虚我生的《苔岑录》里面。抗战时在重庆遇到陈先生，我还谈及此事，他觉得恍如隔世了。

当年写点东西，完全是少年人好虚荣。虽然很穷，我已知道靠稿费活不了命，所以起初的稿子，根本不是由"利"字上着想得来。自己写的东西印在书上，别人看到，自己也看到，我这就很满足了。我费工夫，费纸笔，费邮票，我的目的，只是满足我的发表欲。

《啼笑因缘》的跃出

我在北方，虽有多年的写作，而在上海所发表的，却是很少很少。上海有上海一个写作圈子，平常是不容易突入的，我也没有在这上面注意。一个偶然的机会，民国十八年，上海的新闻记者团北上，我认识了一班朋友。友人钱芥尘先生，介绍我认识《新闻报》的严独鹤先生。他并在独鹤先生面前，极力推许我的小说。那时，《上海画报》（三日刊）曾转载了我的《天上人间》，独鹤先生若对我有认识，也就是这篇小说而已。他倒是没有什么考虑，就约我写一篇，而且愿意带一部分稿子走。

我想，像《春明外史》这样的长篇，那是不适于一个初订契约的报纸的。于是我就想了这样一个并不太长的故事（明星公司拍电影，拍电影能拍出六集，这出于我始料）。稿子拿去了，并预付了一部分稿费。不过《新闻报》上正登着另一个长篇，还没有结束。直等了五个月，《啼笑因缘》才开始在上海发表。在那几年间，上海洋场章回小说，走着两条路子，一条是肉感的，一条是武侠而神怪的。《啼笑因缘》，完全和这两种不同。又除了新文艺外，那些长篇运用的对话，并不是纯粹白话。而《啼笑因缘》是以国语姿态出现的，这也不同。在这小说发表起初的几天，有人看了很觉眼生，也有人觉得描写过于琐碎。但并没有人主张不向下看。载过两回之后，所有读《新闻报》的人，都感到了兴趣，独鹤先生特意写信告诉我，请我加油。不过报社方面根据一贯的作风，怕我这里面没有豪侠人物，会对读者减少吸引力，再三地请我写两位侠客。我对于技击这类事，本来也有祖传的家话（我祖父和父亲，都有极高的技击能力），但我自己不懂，而且也觉得是当时一种滥调，我只是勉强地将关寿峰、关秀姑两人，写了一些近乎传说的武侠行动。我觉得这并不过分神奇。但后来批评《啼笑因缘》的，就指着这些描写不现实，并认为我决不会和关寿峰这类人接触。当然，我不会和这类人接触。但若根据传说，我已经极力减少技击家的神奇性了。

在此之外，对于该书的批评，有的认为还是章回旧套，还是加以否定。有的认为章回小说到这里有些变了，还可以注意。大致地说，主张文艺革新的人，对此还认为不值一笑。温和一点的人，对该书只是就文论文，褒贬都有。至于爱好章回小说的人，自是予以同情的多。但不管怎么样，这书惹起了文坛上很大的注意，那却是事实。并有人说，如果《啼笑因缘》可以存在，那是被扬弃了的章回小说，又要返魂。我真没有料到这书会引起这样大的反应。当然我还是一贯地保持缄默。我认为被批评者自己去打笔墨官司，会失掉有则改之，无则加勉的精神，而徒然扰乱了是非。不过这些批评，无论好坏，全给该书作了义务广告。《啼笑因缘》的销数，直到现在，还超过我其他作品的销数。除了国内，南洋各处私人盗印翻版的不算，我所能估计的，该书前后已超过二十版。第一版是一万部，第二版是一万五千部。以后各版有四五千部的，也有两三千部的。因为书销得这样多，所以人家说起张恨水，就联想到《啼笑因缘》。

北平两部半书

《啼笑因缘》在《新闻报》发表，是由民国十八年到民国十九年。在这期间，我在北方，还有其他的写作。始而为《新晨报》写了一篇《满城风雨》，那是对于内战加以非议的。书完了篇，后来由上海一家书局，将版权买去了。同时给《朝报》写了篇《鸡犬神仙》，因为该报不久改组，我也就中止了。倒是另有个小玩意儿，后来也出了版，这却非我所料及。就是那个时候，真光电影院的文书股人，是我的朋友，他们出有一种宣传品的画报，拉我写篇小说。我就每期给他们凑写几千字，聊以塞责，书名是《银汉双星》。大概写完是十回，写完了也就完了。不知怎么落在上海书商手里，也就出了版。后来有人说，这书也是伪的，这个我倒不能不承认出自我手。

《斯人记》

在写《啼笑因缘》的时候,《春明外史》完全在《世界晚报》发表完了,报馆方面,要我再写一部类似《春明外史》的东西。当然,这种题材,在北平是不难找到的。我当年又年富力强,也并不感烦腻。老实一句话,写的时候,无论拿到多少稿费,写完了我可以拿去出版,就是一笔收入。我完全看在收入上,又给《世界晚报》写了一篇《斯人记》。

《斯人记》云者,是根据"冠盖满京华,斯人独憔悴"的意思下笔的。这书里以两个不能追随时代的男女为主角。他们都是爱好文艺者,却因为思想上不能彻底,陷于苦闷的环境中。书也就以苦闷来结束。在全书里,枝枝叶叶,仍然涉及北京的社会。但这里和《春明外史》有些不同的,就是所涉及的角色,他们大致得着婚姻圆满的结果,以反映主角的无结果。书共是二十回。写完后,并没有如我预期出版,直到民国二十五年,才由《南京人报》出版,那个《南京人报》,就是我拿稿费办的。容后文再说。《斯人记》想不出什么特色。只有一点,我写的楔子,是个南曲散套。于今想起来,虽出于游戏,未免开倒车了。

《春明新史》

在民国十九年的岁首,我到东北去游历一次。事先,沈阳出版了一张《新民晚报》。主持的人,全是我的朋友。他们要我写一篇《春明新史》。我觉得《春明外史》这一类小说,一再地向下续去,实在没有意思,没有答应写。但朋友不得我的同意,却发出了预告。我因情不可却,只好答应写。

《春明新史》的写法,自然和《春明外史》一样。但我对这书,自始就不感到兴趣,并没有像《春明外史》那样,有个预定的计划,去安置些主干人物。随意想,随意写。也许读者在故事里看到些很有趣的描写,然而我并没有费多大的精力,虽不致于敷衍成篇,我并没有对它寄予多大的希望。但我到底还是把它写完了,也是二十回。后来这书有上海某家小报转载,干脆我就把版权卖给他们了。不久,也就出了书。

我当时也曾和上海书商说过,我的写作,应该让我自行检讨,订正,这样胡乱出书,那是不好的。而他们的答复也妙,他说,用不着订正,你的小说,总会够水准的。其实,他们心里的话,并不是如此,乃是印出去,可以卖一笔钱就行。

世界书局的契约

这件事，是文坛上的谈话资料，小报上有人形容得神话化，说我在十几分钟内，收到了几万元稿费。跟着就向下说，我拿这钱，在北平买下了一所王府，自备了一部汽车。这简直是梦呓。中国卖文为活的人，永远不会有这样的故事发生。过去如此，将来亦无不然。故事是这样的：

这年秋天，我到了上海，小报上自有一番热闹。世界书局的赵苕狂先生，他约我和世界书局的总经理沈知方谈谈。我当然乐于访晤。第一次见于世界书局工厂，约有半小时的谈话。他问我还有什么稿子可以出售的。我就告诉了他《春明外史》和《金粉世家》。而《金粉世家》，那时还有一小部分没有写完呢。他说，你这是出过版的，登过报的，不能照新写的作品算，愿意卖的话，可以出四元千字。我说，容我考量。第二次，沈君请我到"丽查"饭店吃饭，约苕狂君作陪，极力劝我把两部书卖了。据我估许，两书各有一百万字。沈君愿意一次把《春明外史》的稿费付清。条件是我把北平的纸型交给他销毁。《金粉世家》的稿费分四次付，每接到我全部的四分之一的稿子，就交我一千元。我也答应了。同时，他又约我给世界书局专写四部小说，每三月交出一部。字数约是十万以上，二十万以下。稿费是每千字八元，出书不再付版税。当时我以家庭里有几笔较大的费用，马上有一笔完整的收入，与我的家庭，有莫大的好处，我也就即席答应了。问题的确解决得很快，连吃饭带谈天，不到两小时。至于十分钟成交，不但沈君一位大经理，不能那样荒唐，我也不能如此冒昧呀。

次日，赵苕狂君代送了合同来，让我签字，交出四千元支票一张。这就是小报上说我买王府的那笔款子。契约以外，赵君又约我和《红玫瑰》杂志，写一个长篇。《红玫瑰》也是世界书局出的半月刊，就由赵君主编。为了尊重介绍人，当然我也就答应了。以后我给《红玫瑰》写的是《别有天地》，是篇讽刺小说。而给世界书局的小说，我只交卷了三篇，而且拖了一年多。那三篇小说是《满江红》、《落霞孤鹜》、《美人恩》。上两部各三十二回，后一部二十四回。他们的稿费，倒是按约付给我的。因为我交稿子延期，稿费自然也延期，所谓数万元的巨大稿费，其实不过一万数千元，而且前后拉长了两年的日子，谈不上发财。不过在当年卖文为活的遭遇说起来，我这笔收入，实在是少有的。

《东北四连长》

当我在《新闻报》写了一年小说之后,《申报》方面,就有人约我写小说。而我首先以忙婉谢了。后来有朋友告诉我,国内两大报的长篇,都归我一人包办,那自然是盛举,但也应当考虑到文坛上的反应,这是我早有同感的。我为人向来不拆烂污,而一切事情的开始,总有个考虑,既然如此,我就更不要写了。不过这里又牵涉到了友谊问题。上海编副刊的,号称一"鹃"一"鹤","鹤"是《新闻报》的严独鹤,"鹃"是《申报》的周瘦鹃。周先生是个极斯文的写作家,交朋友也非常地诚恳。他和我同年,在上海相见之后,非常地说得来。那时《申报》的"自由谈",改载新文艺,鲁迅先生常化名在上面写散文,非常地叫座儿。"自由谈"原来地盘,改名"春秋",还是周先生编。他以友谊的关系,一定要我写个长篇。他说,章回体小说,要通俗,又要稍微雅一点,更要不脱离时代,这个拿手的人,他实在不好找,希望我帮忙。我虽然自知够不上那三个条件,而瘦鹃的友谊,必须顾到,终于我给他写了一篇《东北四连长》。

这书名,很显然,就是说东北御侮的故事了。我对军事,是个百分之二百的外行,怎能写起军中生活来呢? 也是事有凑巧,我有一位学生,当过连长。他那时正在北平闲着,常到我家里来谈天。

我除了在口头上和他问过许多军人生活而外，又叫他写一篇报告。我并答应给他相当的报酬。报酬他不要，报告却写了。我就以另一种方法，帮助了他的生活。在这情形下，有两三个月的合作，我于是知道了很多军中生活，就利用这些材料，写为抗日的文字。

我为什么写四个连长呢？我的意思，那时南京方面，正唱着一面交涉，一面抵抗，实在不能找出一位大人物采作小说主角。还是写下级干部的好。这样，也就避了为人宣传之嫌。这长篇登报一年多，并没有什么大漏洞。而这四位连长，我是写他们有三位在长城线外成仁的。多少也给大人先生一点讽刺。后来我在上海遇到电影界的王次龙，他说这不失为硬性的作品，他要编写电影。但以时局的日见严重，这文字却拿不出来。

胜利后，这书已经写过十年了。上海出版商人抄写了报上的稿子，寄我审查，要我出版。我自己看了一看，我有些失笑。因为经过八年的抗战，又经过二次世界大战，就根据我在书报上看的战事新闻而论，我当时描写得是太幼稚了。不过书中的个人故事，倒还可以利用。于是我把作战部分的描写，完全删掉，只着重故事的发展，结局我以人道主义去发作感慨。这不用说，对于整个宇宙里的战争，我是不赞同的。而这书归到日本人的侵略，逼出战事来，也不大违反原意，就是这样交了卷。书名也改了，利用了那仅传七字的一首诗，"杨柳青青莫上楼"，题曰《杨柳青青》。这书前年已出版，大概到现在是三版了。

《啼笑因缘》的尾巴

民国二十二年春，长城之战起。我因为早已解除了《世界日报》的聘约，在北平无事（我在北平后十年来，除了《世界日报》的职务外，只作了《朝报》半年的总编辑，无关写作，所以未提）。为了全家就食，把家眷送到故乡安庆，我到上海去另找生活出路。而避开烽火，自然也是举室南迁的原因之一。

我立刻觉得这是另一世界，这里不但没有火药味，因为在租界上，一切是欢天喜地，个个莫愁。有些吃饱了饭，闲聊天的朋友，还大骂不抵抗主义。在这种过糜烂生活唱高调的洋场里，文字生涯，依然是宽绰的道路。而我到了上海的第一件事，就是出版业方面，包围我，要我写《啼笑因缘续集》。

在我结束该书的时候，主角虽都没有大团圆，也没有完全告诉戏已终场，但在文字上是看得出来的。我写着每个人都让读者有点有馀不尽之意，这正是一个处理适当的办法，我绝没有续写下去的意思。可是上海方面，出版商人讲生意经，已经有好几种《啼笑因缘》的尾巴出现，尤其是一种《反啼笑因缘》，自始至终，将我那故事，整个地翻案。执笔的又全是南方人，根本没过过黄河。写出的北平社会，真是也让人又啼又笑。许多朋友看不下去，而原来出版的书社，见大批后半截买卖，被别人抢了去，也分外的眼红。无论如何，非让我写一篇续集不可。我还是那句话，扭拗不过人情去，就以半月多的工夫，写了短短的一个续集。我把关寿峰父女，写成在关外作义勇军而殉难，写到沈凤喜疯癫得玉殒香消，而以樊家树、何丽娜一个野祭来结束全篇。我知道这是累赘，但还不至拖泥带水。当然，在和我表示好感的朋友都说我不该续的。

二次加油

在上海住了半年多，安排了一个亭子间作书房，继续我一切没有写完的稿子，没有敢接受什么新契约。不过我于上海，倒有更多的认识。我以为上海几百万人，大多数是下面三部曲：想一切办法挣钱，享受，唱高调。因之，上海虽是可以找钱的地方，我却住不下去。民国二十二年夏季，我又回到了北平。

我四弟牧野，他是个画师。他曾邀集了一班志同道合的人，办了个美术学校。我不断地帮助一点经费，我是该校董事之一。后来大家索性选我作校长。我虽能画几笔，幼稚的程度，是和小学生描红模高明无多。我虽担任了校长，我并不教画，只教几点钟国文。另外就是跑路筹款。柴米油盐的琐事，我也是不管的。不过学校对我有一个极优厚的报酬，就是划了一座院落作校长室。事实上是给我作写作室。这房子是前清名人裕禄的私邸，花木深深，美轮美奂，而我的校长室，又是最精华的一部分，把这屋子作书房，那是太好了。于是我就住在学校里，两三天才回家一次。除了教书，什么意外的打扰都没有，我很能安心把小说写下去。

这一阶段，我给《新闻报》写完了《太平花》，跟着写第三个长篇，是《现代青年》。《旅行杂志》的《似水流年》也写完了，改写作《秘密谷》。这书是抽象的，我说大别山里，还有个处女峰，峰下有个秘密谷，里面的人，还是古代衣冠，因为他们和外面社会，隔绝一个时代了，借着这些人，可以象征一些夜郎自大的士大夫。后来那个国王出来到南京，拉洋车死了。因为他不会干别的。这写法不怎么成功，可是这个手法，我变着写《八十一梦》了。同时，我在上海临走以前，接了《晨报》的契约，给他们写一篇以女伶为背景的小说，叫《欢喜冤家》。这时还继续地写。

在我未去上海以前，我还给《世界日报》写了个长篇，叫《第二皇后》。去上海以后，就中断了，回到北平，我也没有继续。这时我住在北平，北平倒没有特约稿。因此，有些人误认我很闲，又来找我写东西。

有两位《新晨报》的朋友，在《太原日报》服务，一定要我写个长篇，磋商数日之久，情不可却，我写了一篇《过渡时代》。这是说社会上新旧分子的矛盾现象，信手拈来，自己不觉得有什么成绩，只听到朋友说，还有趣而已。因为《南京日报》也要稿子，我就多抄了一份，两地发表，算是多完了一份人情。

这时，我虽忙，却不像民国二十年那样忙。借了学校的好环境，多看一点书。每当教授们教画的时候，我站在一旁偷看，学习点写意的笔法，并直接向老画师许翔阶先生请教，跟他学山水。这算是二次加油时代吧。

办《南京人报》

我虽然讨厌上海，我的生活，却靠了在上海发表文字，要离开上海，而又不能离得到交通不便的地方去。于是我临时选择了个中止地点——南京。南京除了到上海很近，到故乡也很近，而尤其可以住下的，是朋友很多。

我在南京住下两三个月，除了写稿子，只是和朋友谈天。而我对于南京，又有个不好的印象。在很早以前，欧美人士就预算出来了，一九三六年，将是世界大战年。当时德意日军事力量的疯狂发展，正吻合了这些预言。以南京首都所在，人才荟萃，对于这个说法，应该有所感觉，可是南京士大夫阶级，很能保持"六朝金粉"的作风，看他们的恬嬉无事，不亚于上海，我又想走，但我向哪里去呢？国内找不着桃花源，而我又需要生活，正徘徊踌躇着，老友张友鸾君鼓励我在南京办一张小型报。不过他比我还穷，钱是拿不出来的，只能出力。这时，我私人积蓄，还有四五千元。原来的打算，是想在南京近郊，买点地，盖几间简陋的房子，住在乡下，钱是够了的，就因为我对南京已不感觉兴趣，这计划没有实现。这时据友鸾的计划，在南京出一张小型报，一切印刷条件在内，开办费只需三千多元，我尽可拿得出来。我原来还是有点考虑，经友鸾多方的敦促，我见猎心喜就答应了。

经过两个月的筹备，我约共拿出了四千元，在中正路租下了两幢小洋楼（后来扩充为三幢），先后买了四部平版机，在《立报》铸了几副铅字，就开起张来，报名是《南京人报》。读者在报上或尚可看到《南京人报》消息，就是那家报，不过胜利以后，我为了和陈铭德先生北上办《新民报》北平版，我以最大的牺牲，报答八年抗战的友谊，把《南京人报》让给友鸾去办了。现在的《南京人报》与我无关，附带一笔。

办《南京人报》，犹如我写《啼笑因缘》一样，震撼了一部分人士。这报在不足一百万人口的南京市，出版第一日，就销到一万五千份。我当然卖老命。张友鸾君和全部同人（我们那个报，叫伙计报，根本没有老板），没有一个人不使出了吃乳的力气。我那时的思想，虽还达不到"新闻从业员有其报的程度"，可是全社的人，多少分一点钱，我却是白尽义务，依然靠卖稿为生。我并不是那样见利不取的人，因为有个奢望，希望报业发达了再分红。自己作诛心之论吧，乃是"欲取姑予"。不过"予"的数目很可笑罢了。除了印刷部是照其他报社一律待遇，总编辑才拿四十元一月的薪水，副社长支薪一百元，还编一个副刊，又写一篇小说。普通编采人员，月支二十元。请问，我怎忍心要钱？但这点与同人共甘苦的精神，把《南京人报》办得如火如荼，让许多人红眼。我并非卖瓜的说瓜甜，我这点经验，觉得还值得介绍出来。可见穷办报也未尝办不好。

我在《南京人报》，除了管理社务，自编一个副刊，叫《南华经》，自写两篇小说，一篇叫《鼓角声中》，写着受日本人威胁的北平。一部就是近乎武侠小说的《中原豪侠传》。我写这篇武侠小说，不讳言是生意经。但我对武侠小说的见解，已如前文，所以这篇

《中原豪侠传》，更写得近乎事实。而是以辛亥革命前夕河南王天纵的故事作影子，并请刘亢先生每日插一幅图。出乎意料，这篇小说比《鼓角声中》还叫座儿，我倒是聊可自慰的。除了这些，我每日还自写许多散文和一篇故事新闻，所以每日直到夜深三时才回家。我这种苦干，博得许多朋友帮忙。例如远在北平的张友渔兄，无条件地给我写社论。一度盛世强兄在北平和我打长途电话，也是义务。而张萍庐兄编了一年的《戏剧》，只拿了一个多月稿费，令我至今不忘。

被腰斩的一篇

我办报既然还靠稿费为生，写作自然是要加多。我统计一下，这时是《新闻报》写《燕归来》结束，改写《夜深沉》；《申报》、《小西天》完了，改写《换巢鸾凤》；《晶报》有一篇《锦片前程》，登了两三年了，因为登得太少，还在写。《立报》继续着《艺术之宫》，无锡的《锡报》，快将《天上人间》的旧稿登完，也开始补写。南京除了《南京人报》两篇，还有《中央日报》的一篇。而《旅行杂志》一月一次的长稿，也短不了，这时我写着《平沪通车》。办报而外，这样多的长篇，我在四十之年，又发挥牛马精神，而作文字机器了。

提到在《中央日报》写稿，这倒有一段小插曲，开始，我是无意在《中央日报》写稿的，因为我不会党八股。那时总编辑周帮式，是《世界日报》老同事，再三地要我写，我就只好答应下一篇。为了适合人家的环境，我写的是太平天国逸事《天明寨》。那几年，我特别地喜欢看太平天国文献，所以有此一举。这书里说了许多天国故事，还很能引起读者的注意。书完了，《中央日报》又要我写，我就写了一篇义勇军的故事，以北平为背景，叫《风雪之夜》。大概也写了四五个月了，忽然周君给我来封信，说对我的稿子，"奉命停刊"。不客气地说：腰斩了。当时抗日有罪，是不算一回事的。

不过，这事也未完全过去。抗战期间，《中央日报》在重庆出版的时候，又有人拉我写稿，而且不止一年，不止一次。我当然没有求腰斩的洋瘾，只好微笑婉谢。

在南京苦撑的一页

《南京人报》办了一年多，终于大难来临，中日战事起了。八月十五日，日本飞机空袭南京，立刻将南京带进了严重的圈子里去。一切的稿子都不能写了，但报却是要办。这个报，开始就是小本经营，自给自足的。这时，南京人跑空了，没有人看报，更也没有广告，报社的开支，却必须照常。我身为社长，既是家无积蓄，又没有收入，那怎么办呢？让我先感谢印刷部全体工友，他们谅解我，只要几个维持费，工薪自行免了。甚至维持费发不出来也干。他们为了抗战而坚守岗位，不愿这"伙计报"先垮，而为"老板报"所窃笑。这实在难得之至！编采同人更不用说，除了几个胆小的逃去芜湖（后来又回来了），全体十之八九同人，拍拍颈脖子："玩儿命，也把《南京人报》苦撑到底。"张恨水有这样的人缘，那还有什么话说？我就咬着牙齿，把《南京人报》办下去。这时，全部家眷，疏散到离城十几里的上新河去住。我在报社，由下午办理事务和照应版面，一直到次日红日东升，方才下乡。下乡之后，什么也不干，就是放倒头，补足这一夜睡眠。醒来之后，吃点东西，又赶快进城。这"进城"两个字，在当日并非简单的事，每每行到半路途中，警报就来了。南京城郊，根本没有什么防空的设备，随便在树荫下、田坎下把身子一藏，就算是躲了警报了。飞机扔下的炸弹，高射炮射上去的炮弹，昂起头来，全可以看得清清楚楚，那种震耳的交响曲，自然也就不怎么好听。但身入其境的，是无法计较危险的，因为天天的情形都是如此，除非不进城，要进城就无法逃避这种危险。炸弹扔过，警报解除了，立刻就得飞快地奔到报社。其实这种危险，倒没什么痛苦，至多是一死而已。而到了报社，立刻把脑子分作两下来运用，一方面是怎样处理今晚上的稿件，一方面是明天社中的开支，计划从哪里找钱去？这个时候，不用说向朋友借钱有着莫大的困难，就是有钱存在银行里，也受着提款的限制，每日只能支取几十元。二十四小时，无时不在紧张恐慌中挣扎。这样的生活，是不容日久支撑维持的，不到一个月，我就病了。病得很重，主要的病症，是恶性疟疾，此外是胃病、关节炎。报社里的事，只好交给别人，我就在上新河卧病。虽然卧病，问题也不简单，自己的家眷和南下逃难的亲属，一家之中，集合到将近三十口人。不说生活负担，不是个病人所能忍受，而每当敌机来空袭的时候，共有十七八个孩子，这就让人感到彷徨无计。因之这一时期中，没有写作，也没有心去看书，几乎和三十年来的日常生活完全绝缘了。因为病，我是十一月初首先离开南京，到芜湖医院治病。病将好，南京也快陷落了。我和家眷在安庆会合，再避居故乡潜山县城。《南京人报》于十二月初，南京陷落的前四五日停刊。由我四弟负责收束。结束了我办报的一页。

抗战小说

我在重庆从民国二十八年（一九三九年）到民国三十年

（一九四一年），这是我生活最艰苦的一段，自己由重庆扛着平价米，带到十八公里的南温泉去度命。所以我还不能不努力写稿。那时，上海虽然沦为孤岛，《新闻报》还不曾落于汉奸之手，重庆到上海的航空信，可以由香港转。《新闻报》继续要我写稿，我就写完了《夜深沉》，又继续着写了一篇《秦淮世家》，这是以歌女为背景，而暗射着与汉奸厮拼的。最后，我就写《水浒新传》了。

《水浒新传》当时在上海很叫座儿。那完全吻合上海人"过屠门而大嚼，虽不得肉，聊以快意"的口味。书里写着水浒人物受了招安，跟随张叔夜和金人打仗。汴梁的陷落，他们一百零八人，大多数是战死了。尤其是时迁这路小兄弟，我着力地去写。我的意思，是以愧士大夫阶级。汪精卫和日本人对此书都非常不满，但说的是宋代故事，他们也无可奈何。这书里的官职地名，我都有相当的考据。文字我也极力模仿老《水浒》，以免看过《水浒》的人说是不像。书写到四十多回，太平洋战起，上海已整个沦陷，我才停止寄稿。民国三十二年，我受书商之托，加上二十多回，完成了这部书，共六十多万字。抗战期间，这是我写的最长的一部了。

民国二十九年，我另写了一篇《大江东去》发表于香港。中间有日本屠杀南京人民的一段描写。民国三十一年（一九四二年）出版，这倒是销数较多的一部书。在大后方，仅次于《八十一梦》。这书在美国听说有节译本，发表在报上。报，我未见之，是朋友告诉我的。

《八十一梦》

《八十一梦》这部书，在大后方是销路最多的一部，延安也翻过版（《水浒新传》好像也翻过）。这书我不敢说是什么好作品，但在痛快两字上，当时是大家承认的。

在《疯狂》写得我无法完篇的时候，我觉得用平常的手法写小说，而又要替人民呼吁，那是不可能的事。因之，我使出了中国文人的老套，"寓言十九托之于梦"。这梦，也没有八十一个，我只写了十几个梦而已。何以只写十几个呢？我在原书楔子里交代过，说是原稿泼了油，被耗子吃掉了。既是梦，就不嫌荒唐，我就放开手来，将神仙鬼物，一齐写在书里。书中的主人翁，就是我。我做一个梦，写一个梦，各梦自成一段落，互不相涉，免了做社会小说那种硬性熔化许多故事于一炉的办法。这很偷巧，而看的人也很干脆地得一个印象。大概书里的《天堂之游》、《我是孙悟空》几篇，最能引起读者的共鸣。书里我写着一个豪门，有一条路可通半空，给它添上个横额，《孔道通天》。朋友都说，这太明显了。又孙悟空和一位通天圣母斗法而失败，朋友也说这可能是个"漏子"。某君为此，接我到一个很好的居处，酒肉招待，劝了我一宿。最后，他问我是不是有意到贵州息烽一带去休息两年？我笑着也就只好答应"算了"两个字。于是《八十一梦》，写了一篇《回到了南京》，就此结束。

事过境迁，《八十一梦》，无可足称。倒是我写的那种手法，自信是另创一格。《新华日报》曾有几篇批评，谈到了小说的形式问题。

胜利后的作品

自从"九一八"以后，脑力劳动，就没有得着水平以上的待遇。抗战八年中，这辈人是更苦。日本人的无条件投降消息传来了，大家都唱着杜甫"白日放歌须纵酒，青春作伴好还乡"的闻捷诗，我也是被这天上掉下来的胜利，冲昏了脑瓜。把写作生涯，暂时告一段落，预备东归以后，在半村半郭的地方，盖三间小屋，读书种菜，卖文课子，带着一群孩子，实行我的口号，就是"出自己的汗，吃自己的饭"。东归计划，除了回乡探亲一省七旬老母不曾变更而外，其馀是全推翻了。我还是住在都市里，我还是当一名新闻从业员。

在胜利以后，币制是一直紊乱，物价是一直狂涨，对于国民党的金融政策，谁也不敢寄予以丝毫的信用。这样，自由职业者，就非常的痛苦，尤其是按字卖文的人，手足无所措。因为卖文的人，都是把稿子寄出去，一月之后，才能接到稿费的。可是这就是个无比的吃亏。月初，约好了每千字的稿费，也许可以买个两三斤米。到了下月初接到稿费的时候，半斤米都买不着了。有些收买稿子的报社和杂志社，体恤文人，也有半月一结账的，也有预付一部分稿费的，但这都不能挽救文字跟着"法币"贬值的命运。物价的跌跃，每月加百分之百以上，那是常事。稿费根本不能按月调整，就是按月调整，也不能一加就是百分之几百。所以对任何收买稿件的人，订好了稿约，总维持不了两个月。到了后来，几乎寄一次稿子，就必须商量一次稿费。多数人如此，我也是这样。这种趋势，让写稿的人和收稿的人，都感到一种"过分的无聊"。既然无聊，这卖文生活，又何必去继续呢？

在这种情形下，胜利后的两年间，我试了一试卖文的生活，就戛然中止。所幸除了《新民报》经理职务的薪水而外，上海两三家书店的版税，依然是超过薪水的几倍收入，我不出卖稿子，也还不至于影响到生活。所以这期间，我只给《新民报》写了个长篇《巴山夜雨》，又给上海《新闻报》写了个长篇《纸醉金迷》，如此而已。这两部书，都是以重庆为背景的，在别人看来，不知作何感想，至少我自己是作了一个深刻的纪念。《巴山夜雨》在我收束之下，还没有把稿子重订，而时局已经变化了，只有将来再说。《纸醉金迷》在没有完篇的时候，已经被电影公司拿去作题材，上两个月，由我把上半部故事，编了一个剧本。这两年来，稿费的收入，可说是比抗战期间，无以加之。

到了民国三十六年，纸价已经贵得和布价相平了。上海的书商，有了纸张在手，宁可囤纸，也不印书，因之我在上海出版的二三十种书，全不再版。出版家虽也陆续地寄给我一些版税，较之民国三十五年，已不成其为比例。起初，我以为纸张的昂贵，影响到书的出版，这是暂时的现象，还忍耐地等待着，后来一月不如一月，我把版税当养老金的算盘，暂时就得搁上一搁，于是把那老话再拿出来，对家庭用度，要"开源节流"。"节流"除了吃的以外，一切以不办为宗旨，而"开源"只有多写文章出卖了。好在找我写稿子的人，倒是机会不断的。于是我又先后写了三个长篇是《一路福星》、《马后桃花》、《岁寒三友》。但这三篇小说，都因稿费的商榷，不能得着一个合理的解决，都没有写完。最后有《雨霖铃》和《玉交枝》两篇，都是因交通中断而停止的。

为了交通关系，我也觉得向外寄稿，写长篇是不大好的，我很想改变作风，多写中篇。所以这两年以来，我很写了几个中篇，如

《雾中花》、《人迹板桥霜》及最近写的《开门雪尚飘》。这一试验，并没有失败，将来，也许我常走这条路。

故事的利用

小说就是小说，并不是历史，我已经说过了。但例外的将整个故事拿来描写，这事也不能说绝无。若以我从事写作三十年而论，这样的事情也有两回。

第一回，我替《申报》"春秋"写的《换巢鸾凤》，就是有故事的，而且是受朋友之托的。在一个秋天，苏州的一位朋友，请我由上海到苏州去看菊花，并介绍许多苏州文人和我见面。我是个忙人，不能有此雅兴。不过那位朋友郑而重之地写了封信给我，叫我务必去一天。意思并不光是要我去雅叙一番。我就只好坐快车去了。朋友是亲自在公园的菊花会上，把我接到他家，他家也小有花圃，畅叙之后，他把我引到内书房，拿了他私人的许多秘密文件给我看，他说这是他生平一件伤心事，在过渡时代，他和另一个女子为旧礼教牺牲了。这事虽已过去二十多年，但这心灵上的伤痕，却是不可磨灭。他希望我运用这个故事，作个反封建的长篇小说。我当时曾笑说："你何不自己写呢？"他说，那会犯主观的毛病，会把主角写成两位圣人。我倒是赞成他的话，我就答应了下来，写了这部《换巢鸾凤》。可惜这书没有写成功，中日战起，就中止了。

另外一件事，就是写《虎贲万岁》，这已经交代明白了，不再赘述。不过《换巢鸾凤》和《虎贲万岁》不同。后者，我根据了参考文件，真名真姓真时间真地点，我都给他写出来了；前者却把这些都换了，只留下了那类似悲剧的故事。此外，有一半运用故事，一半是抽象的，那就是《欢喜冤家》和《大江东去》。《欢喜冤家》是间接地传来一个故事，那是可以反映出女伶的生活的痛苦的，这是个社会问题。《大江东去》呢，一半是人家传说的事，一半却是主角自己叙述他亲身的遭遇。也是抗战中一个社会问题。因此，两个故事都是生成的小说题材，我自然不会放过这种题材的，所以我都把它写成了。

（北平《新民报》1949年1月至2月13日）

夫子庙

扬子江上下游的大轮船，差不多每日总有这么一条。大概安庆下水轮船，总在十点钟以后到。轮船码头，一天以前，已经将行期钟点，报告出来，真是准确，一分钟都不差。我是十一点钟上的船，天不亮已经到了芜湖，正下大雨。半里路以外，已经难于分辨，但是轮船，依然开了走。十二点钟附近，到了南京。就依照原来的计划，下榻我本家弟兄张友鹤君家中。南京，当然是我们极熟的地方，虽然古迹名胜很多，这个我们不记。我们记的，就在新旧方面，把事物对比一下。

我们要谈的第一项，就是夫子庙。解放以前，夫子庙酒楼茶社，歌台舞榭，真是林立。可是我们试嗅一嗅，就说他六朝金粉，那空气也肮脏得很。现在那些东西，一扫而空。再看与夫子庙齐名的秦淮河，名字是好听，但是真的去逛，实觉得气味难闻。如今秦淮河涨了一河的水，一点臭气都没有，这是第一件快事。此外搭了几道桥，平整可步，这也是一喜。我们向夫子庙一行，往庙里一看，所有摊子都移走了，显得空阔了许多，这里已改为人民游艺场了。大殿改为越剧社，两旁改为弹子、象棋社等等，这倒给人一种兴奋。晚饭以后，朋友四五人，笑说往观白鹭洲如何，那地方，颇有点新的意思。我答可以。起身前往，到其处四周芦苇瑟瑟，水沼一变，月色微明，人影依稀，晚景倒很不错，白鹭洲在水的北边，一个新建筑的大亭子，倒很有曲折，这是以前所没有的。当然，李白所谓"二水中分白鹭洲"，与这里毫无关系。

（香港《大公报》1955年9月14日）

燕子矶

到南京后第二天，邀到同好黄君到燕子矶一观，我们在淮海路搭坐长途汽车前往，共是一十五里。车子到了燕子矶，也是一个小码头，下车前往，共有三条街。燕子矶原在街的边上，门口立有燕子矶公园的横匾。约有一码多路。路上立有一亭。路旁是山石，这就登山了。向右行，石砌陡立。陡坡方尽，面前又立一亭，其中嵌一石碑，是乾隆一首七绝，诗并不佳。旁边有平屋一所，原来是卖茶的，现在空屋相向了。亭外一片空蒙，朝北一望，长江夹江，依山矶流去。朝东一望，山势慢慢向前延展，山坡斜倾下去。大水的时候，恐怕是很险的吧？燕子矶看毕，往看三台洞，好像这是固定的事。不看三台洞，就觉得燕子矶没有看完似的。

出了燕子矶街上，有公路相通。这里南边是山，虽不高。然而一山连一山，却没有断。靠北，都是水村，田陌纵横，扬子江被外面水村挡住了，过了半里，在悬崖上，有亭阁依山势树木丛起，很是雄壮。依山城步行前进，上面门首，题着观音洞。入庙，靠山有两幢殿阁，上供佛像，这里有几户平民住处。相传题"岩山十二洞，铁链锁孤舟"之处。也在此地，向前行，又半里许，路北有一庙，庙前有一匾，题为"古头台洞"。入庙观看，第一进，尚很清洁，供如来佛。第二进，是悬崖，约为民间房屋三个这样大。此庙还有一和尚。据说，地下石头，有一牛形。有一洞约两人深，相传是六祖说法处。按六祖出家，虽在金陵以北祖传寺，拉到此地，有点儿为的是蓬荜生辉吧？而况此地黑黯黯的，何以能说法呢。又出庙行约半里，也是小山洼中，门首题为"台头二洞"。里面住的自然是平民。里面有一佛殿，一洞。无甚可观。出庙前进，前面不通。我们玩三台头洞，遂不免作罢。据路人云，燕子矶以三台头洞最佳，洞后，有三层，并有一线天等名目，他为我们没去成而可惜，我们以为留点儿想头，也好。

（香港《大公报》1955年9月15日）

玄武湖与雨花台

我们逛了燕子矶以后，回来顺道儿，就看看玄武湖。该湖已经完全新式，在城边先设一入湖的售票所，进门以后，柳堤已完全加宽，而且新栽的柳树，成林也相当地快，已经是绿荫合树了。先踏上湖堤，约莫有一里路长，全是在绿树丛中，而两边又是湖水，令人有玄武湖新来之感了。从前的玄武湖，中间仅仅通了两洲，馀外有三洲全是竹篱茅舍，还不免鸡鸭成群，对于湖里，有些不调和的地方，现在原来二洲，完全翻新，有些地方，还是新添的。至于另外三洲，也有极大变化，当局先替那些平民另找了地方，妥当安置，回头把这三个地方，完全接拢起来，有该立亭子的地方就立亭子，有该添水榭就添水榭，最妙的添一段长堤，长堤有三道桥，当然上面种了柳树，这就是说三个不通的洲，从此打通，可以通到鸡鸣寺了。鸡鸣寺原来是没有城门的。现在却有了一个门，迎接这新打通的三洲，这实在是好。这时，张君也到了，找了一个白苑树木丛生的底下，消受湖光。我们看，围着这玄武湖的北边以及东边，是那紫金山一带，全是高高低低的山，而且都是森林环抱。靠西边一带，全是年老城墙。城墙原是不美的。但是玄武湖天然的林木，映着这一带城墙，也就有十分静穆的美。再加十里湖光，又添上许多楼阁，除了西湖以外，我觉人工、天然二者合而为一，玄武湖的确要算一个吧！而且还觉天然战胜的地方为多呢。

我们歇了许久，找了一只小艇，缓缓地划，绕着长堤，划到鸡鸣寺登岸。我说这堤像苏堤、白堤一样，为不可少的点缀。同时，古城半环，很多幽花，令人忘俗。

我既觉得这玄武湖甚好，朋友都说，雨花台也值得重逛一回。我当时羡然愿往，薄暮便行。雨花台是梁武帝时代，宝志在这里讲经得名的所在，这多朝代，没有人修理过它。解放前虽去过两回，真是一径荒草，毫无足观。现在已陡然改观，新辟了汽车路层层可以上去。所栽的树，业已长成，直觉四山环绕，葱茏一片。第一层为烈士墓，这墓经许多人削平山尖，阔大基地，显出一块平坦区，而且还加了树木，在这里站立片时，真觉有一种敬意悠然而生。第二层为广场，第三层为山巅，层层都有树木，真觉洗清精神不少。山巅之下，尚有一八角大榭，是卖茶的所在。从前可看见卖雨花石的，还有几个,都摆摊子在树荫里,这可见要有六朝烟水气,还是事靠人为呵!

（香港《大公报》1955年9月16日）

中山大道

在南京停留不论久暂，人总问你中山陵去过没有？别中山陵也快到十年了，自当要看一下。而且博物院也在这里，顺便看看也不坏，于是同张君一路，先看博物院。这院略仿中式所造，三高楼，大门口也很宽阔。入门便可参观，不须任何手续。第一室至第七室，参观已毕，大概殷代之物，为鬲、鼎。鬲为煮熟东西之食具，底下有三只脚，约有一小桶大。鼎有长方的、圆的两种，长方的形如一小桌，高约二尺，长约可三尺；圆鼎亦有椅子大。第二室为周朝文物，骨尺一根，颇引人注目。

出博物院，张君雇一三轮车，驰往城外。中山门外夹道大树，只觉凉风习习，车在树林子里头钻，精神为爽。因从前在南京时，树植秧未久，未见佳处。现一别十年，但见树木成林，车子在林荫大道上奔驰，树林以外，不见别物。有时树木盖顶，天都少见。植林佳处，至此方见其妙。车子先到灵谷寺，停车，即看无梁殿。其大门以内，路径广阔，倒是很好。至于大殿，砖石砌的，确是无梁。巍然一座大殿，并无佛像，四壁空垂，也没有字。除了大殿，一切都无。灵谷寺在东首，这寺的妙处，不在庙内，三四殿宇，几盆花草，这不算什么。只是庙门以外，树木高的，有的六七丈，小的也有四五丈，微风吹来，便觉其声瑟瑟，仿佛就有凉意，真是宇宙清气，不招自来。我就约来的朋友，在这里歇上两三个钟头。回头进城，车过中山陵时，见当年林木，分着层次，一层高似一层，望山岗上的黄色琉璃瓦屋，有画的意味。远望南方，在这里绿色田园山谷，慢慢地和白云混着一团，那就是天边了。车再过明陵，这里向来景色不恶，钟山逐次下降，便是明陵。不过，朱元璋虽看中这里地势，可是在排场上，那就大不如北京近郊的明十三陵了。明孝陵完全以风景取胜，论到陵墓，一段小小的红墙，里面虽也配上了三个宫殿，都规模不大（后来虽修理一次，然宫殿的地基在那里，决计大不了）。就是隧道，也仅仅一条。十三陵据说是永乐帝的长陵，石人石兽，还有大门口的配殿，这就有十里路长。再到说十三陵的本段，红墙宫门，一律伟大。进门以来，那层宫殿，与真的无二。隧道一分为二，往上通往朱砂碑亭，这也是明孝陵所没有的。一个陵尚且如此，比起来，明孝陵自逊一筹。但是人家说起明朝来，不管朱元璋

怎样，总要比十三皇帝高一个码子。所以明孝陵仅仅以风景取胜，

倒也不坏。

（香港《大公报》1955年9月17日）

太平天国之某王府

　　太平天国在南京建都，照说南京就应当有好多史料供给。可是经过前清的时候，老百姓的隐瞒，以及反动分子毫不注意，结果是非常地少。现在忽然宣传某王府发现，当然值得一观。张慧剑先生商洽妥当以后，我们就往堂子巷某王府雇车前去。只是何以叫做某王府，连个姓名都不传呢？考究这一个缘故，就是洪秀全到了晚年，封王二千多人，这王位实在太多了，这多的王，自有不出名的王爷在内，久而久之，自然把姓名就忘了，但这里住过王爷，的确是事实，所以叫做某王府了。到了某王府，三座门楼，都不怎样大。投信毕，有负责整理工作的人出来，引我进去。屋凡三进，是五开间。这房子在南方很普遍，北方却很少。房子当中，有一天井。第一进，不多见的壁画就是此处。壁画是向外绘成，外面即是堂屋。我们看了一下，壁画一半，尚是干净。其馀一半，因平民住此多年，为屋内柴烟所熏黑。不过内有一幅，画作水师扎寨，其中有一寨，凭空建立，凡五层，每层有窗户，靠窗可以望远，尚完好。我点头说，这的确是太平天国之画，保存到现在，没有模糊，真是不易。中门方面，还有五爪金龙一画。此是从别家屋里取了来的。据说，是殷王之物。但太平天国遗史，并无殷姓其人得封王位。但搬来之人，力言姓殷，只好认这主人姓殷了。此外房间，都已打通，里面存的有门牌、结婚证书及与外国朋友往来信件等等。除了这些，尚有滚木擂石一件，大者如人头，小者像饭碗，旧时守城之法，用此物件击人，这个就是吧！

（香港《大公报》1955年9月19日）

上海一滴

据朋友说，上海市民，有六七百万。所以上海人来人往，在繁华的几条街上，简直都是人。人虽然比以前多了，但是交通秩序，显较以前大有改进。

上海马路，有几条却是挤窄得很。若福州路、南京路，是最繁华的地方，都嫌挤窄了。现在把那最挤窄的地方，开始放宽些。上海地方，拆房子真是不容易的事，一幢临马路的房子，拆起来要上万。我们算一算，拆出一条马路要花多少钱呢。

上海黄浦江边上，从前也是相当地挤窄的。现在拆填很宽，有人行道，有马路，还有花圃。听说每日走这条路的人和电车、汽车比哪条路都忙。

上海跑马厅，从前是大花钱的地方，若是还有租界，中国人别想去逛，现在改了公园了，这很有意思。公园有三座门可以进去，里面有茶社。茶社里尚有便餐供应。进门有荷塘，有花园，尚有跑道。上海求这样大的一个花园，是难得的。

公园隔壁，这就是博物馆。博物馆占了两层大楼，里面的陈列，和南京差不多。也是从三千多年以前殷代的骨器陈设起，到近代珐琅瓷器等为止。该馆印有"上海博物馆陈列室简要介绍"，这对初次进博物馆的人很有帮助。

你到了上海，总想看一回戏，尤其是越剧、京戏。可是工人有钱看戏，看戏人太多了，戏票非常难买，好一点儿的戏，总要排上几个钟头班。你若是一个人到上海来，总会有点儿事，看戏这件事，那就牺牲了罢。

当这天气十分热的时候，你到了上海，你总要洗一回澡。那末，仔细算一算，还是住国际饭店，比较合算。因为该店最低的价钱，是三元五角。虽是最低的价钱，却是洗澡盆样样都有，洗两次澡，洗澡堂里的钱，就省出来了。

上海城隍庙，是老住上海的人都知道的。到这里来一次，什么东西不时兴，什么东西尚可以，这里会给你一种暗示。这里等于是一种土产品的百货公司，若是能找个老上海陪同去买，那就更好了。

关于衣服的问题，以前到上海去的人，总得考虑一番。现在已经没有这种考虑了，只要穿得干净，什么衣服都可以。至于上海人穿的衣服，男的一般是西服裤子，上着衬衫，穿西服上衣的也有；女子穿得当然漂亮一些。

（香港《大公报》1955年9月20日）

编后记

　　张恨水做了一生的报人,长年任《世界日报》、《世界晚报》、《新民报》的副刊主编、主笔,还曾创办《南京人报》,发表的文章涵盖南北城市的主要报刊,除了小说连载外,几乎每日都有一两篇散杂文字见报,总量约在六百万字。他因生活辗转,足迹遍布大半个中国,尤其安徽、北京、南京、上海、重庆,都作过深入考察。江南地区主要到过上海、苏州、南京、杭州,他笔下的这几个城市,南京着墨最重。

　　据张恨水的《写作生涯回忆》,1913年春他首次到上海,结识郝耕仁,随后他考入孙中山所办的蒙藏垦殖学校,地址在苏州阊门外与留园相邻的盛宣怀家祠内。其间他第一次向上海《小说月报》投稿,用笔名"愁花恨水生"。"恨水"之名,是次年秋到汉口,取李煜"自是人生长恨水长东"之句而截取的,十二月他加入文明话剧团,翌年随剧团到上海演出,其间游南京,写下《白门十记》,现仅见上篇四记,下篇应未发表。1916年他在苏州参加民兴新剧社,担任编剧与撰写广告。1917年他与郝耕仁重会于上海,二人过镇江,到邵伯镇,遇战事,从扬州坐轮船回上海,此次流浪,他写了长篇游记《半途记》,但不慎丢失。

1918年初至1923年末,他历任安徽芜湖《皖江日报》总编辑、北京《益世报》助理编辑、天津《益世报》驻京记者、芜湖《工商日报》驻京记者、北京《今报》编辑,给上海《晶报》、《申报》、《新闻报》写过许多通讯与杂文。1924年4月,任北京《世界晚报》新闻编辑,主编副刊《夜光》。1925年2月,主编《世界日报》副刊《明珠》。《湖山怀旧录》,1929年6月11日至8月24日发表于《世界日报》副刊《明珠》,是用文言写成的回忆性游记系列,共四十八篇,其中杭州六篇、嘉兴一篇、苏州四篇、镇江两篇、南京六篇,写景状物极富神韵,使人如临其境,心向往之。张恨水曾四次游西湖。1933年春,为躲避战乱,他举家从北京迁到上海,其间曾游苏州、杭州。据《山窗小品·断桥残雪》:"民国四年春,赴杭,出涌金门,首遇此景。……民国十九年冬,与友郝耕仁、张盖游湖。"第三次是1933年春与周南的苏州、杭州之行。"民二十四年冬,复偕内子游湖……"这是他第四次到杭州。

　　1936年初张恨水赴南京,与张友鸾合办《南京人报》,主编副刊《南华经》,翌年末,因南京陷落被迫停刊。1938年初赴重庆,任《新民报》主笔,从1月15日《新民报》在重庆复刊起,随着时局的进展,张恨水陆续在副刊《最后关头》写作了一系列杂文,都紧紧围绕着"抗战"的主题。1938年1月19日至3月3日,他在《最后关头》发表了《见梅花忆南京》等十篇回忆南京的系列散文,由南京失陷而至全国山河之忧,今仅见八篇。1939年5月初,日机轰炸重庆,张恨水一家避居南温泉。1941年12月起,主编副刊《上下古今谈》。《最后关头》《上下古今谈》中的文章大都短小精悍,于谈古论今中嘻笑怒骂,言简意深。

　　1944年8月1日至1945年1月30日,张恨水在《上下古今谈》发表了《两都赋》系列散文,共计二十六篇,其中南京十二篇,北京十四篇,回忆与描述两都各自独特的生活风貌和场景。这次张恨水写南京的时候,表现了南京安宁古朴的生活情趣及其浓厚的历史沧桑,诗意的文字后,有更多对敌骑蹂躏下的故都的忧愤与感伤。其后,他于所居的南温泉又写作了一系列小品散文,1945年12月由上海杂志公司结集出版,名《山窗小品》,共六十二篇,内容多为重庆乡间的日常事物和邻近人物,兼有比照回忆南北风物,清新隽永,质朴感人,与《两都赋》相较,虽文笔取径及描绘对象不同，但其中蕴含的一片抗日救国之心、一腔家国情怀却历历可见。抗日战争结束后，张恨水回到北京，就职于《新民报》。1952年6月被文化部聘为顾问，1959年9月被聘为中央文史馆馆员。

张恨水的散文，主要分为新闻性、文学性两种，文学性散文约占三分之一，两千多篇。他的文学性散文亦不乏社会性与现实性，即便抒情记游之作，亦多抒社会之情，描现实之景。他在《写作生涯回忆》曾言："我的游历，向来是不着重游山玩水。因为山水是静的东西……我的游历，是要看动的，看活的，看和国计民生有关系的。"长期的新闻工作，使他成为一位才思敏捷、注重纪实的散文作家。在迄今出版的张恨水散文全集中，比照他本人约计的总量尚有阙遗。年代久远，时局动荡，资料缺失，他前后用过十多个笔名，都是造成原文搜寻困难的原因。本书选取各篇，以时间为序，按专栏划分，或可于张恨水的生涯轨迹之中，略识几处屐痕。

张　琦

2022年6月10日